JANGAN MAIN-MAIN SPIRIT OF A COIN

First edition. May 31, 2025.

ISBN: 979-8231702046

Written by Jack P Sri.

Spirit of a Coin

Jangan Main-Main

(Versi Bahasa Melayu)

Jangan Main-Main: Spirit of a Coin

Buku ini adalah karya fiksyen. Sebarang persamaan dengan individu yang masih hidup atau telah meninggal dunia adalah secara kebetulan semata-mata.

Diterbitkan oleh Jack P Sri
Edisi Pertama, 2025
Untuk pertanyaan dan hak penerbitan, sila hubungi:
m.rizkhi@gmail.com

Pengenalan

"Ini cuma permainan..." kata mereka.

Tapi malam itu, mereka telah buka sesuatu dan tidak menutupnya kembali.

Setiap asrama ada rahsia.

Dan setiap rahsia ada harganya.

Empat pelajar baru di sebuah asrama perempuan elit menyangka mereka hanya mahu serasikan diri, mencari kawan, dan belajar hidup berdikari. Tapi apa yang mereka temui hanyalah lorong gelap tanpa jalan keluar. Dimulakan dengan sekeping syiling lama tahun 1906 dan satu permainan yang sepatutnya tak boleh dimainkan.

Dari sebuah bilik kosong yang dikunci, ke diari pelajar lama bernama Aria, hingga ke detik-detik kerasukan, kehilangan, dan kematian... Aida kini menulis kisah ini, bukan untuk minta simpati, tapi sebagai peringatan.

Jangan pandang remeh pada permainan.

Jangan fikir roh itu hanya bayang.

Dan paling penting...

Jangan main-main.

I-Perjalanan Menuju Sesuatu yang Asing

Hari itu cuaca cerah namun di hatiku terasa mendung tidak menampakkan sinarnya. Langit biru yang terbentang luas seperti tidak dapat menenangkan jiwaku yang berombak. Aku termenung di dalam kereta di kerusi belakang sambil memerhatikan pepohon-pepohon yang berlari mundur di sisi jalan. Papa yang memandu, seperti biasa hanya diam dan fokus. Mama yang duduk di sebelahnya sesekali memandang ke belakang, menatapku dengan wajah yang penuh kerisauan.

Hari ini hari penting. Hari di mana aku akan melangkah masuk ke alam yang benar-benar asing, sebuah asrama sekolah teknik di Perak. Satu pengalaman baru yang bakal membentuk hidup aku seterusnya. Tapi aku tak pasti sama ada aku benar-benar bersedia.

Di sebelahku tersusun tiga benda. Satu beg galas sekolah berwarna merah hati, satu beg pakaian yang agak besar, dan satu baldi plastik yang dalamnya penuh dengan barang keperluan seperti sabun, penyangkut baju, berus gigi, tuala, dan barang mandian. Semuanya nampak lengkap, tetapi jiwaku sebaliknya hanya terasa kosong.

Aku anak tunggal. Tiada adik, tiada kakak, tiada abang. Hanya aku. Berperanan sebagai yang sulung dan juga yang bongsu cuma aku. Dari kecil, aku sudah biasa bersendirian tetapi kali ini, kesendirian ini berbeza. Aku akan berjauhan dari rumah, dari Mama dan Papa. Kali ini, aku benar-benar akan bersendirian.

Mama yang seakan faham akan kerisauan aku, mencuba untuk menceriakan aku. Sepanjang perjalanan, dia beberapa kali cuba berbual bertanyakan tentang barang-barang, tentang rasa teruja, tentang kawan baru. Tetapi jawapan aku pendek-pendek sahaja. Sekadar anggukan, senyuman nipis, atau sekali-sekala menjawab dengan suara yang perlahan. Aku tahu Mama cuba menenangkan, tetapi hatiku sendiri seakan terkunci waktu itu, tidak memberi ruang untuk ketenangan itu singgah.

Bapa borek, anak rintik. Begitulah aku yang mewarisi sifat Papa yang pendiam. Dia hanya memberi tumpuan pada pemanduannya, sentiasa memerhatikan jalan di hadapan. Sekali-sekala, aku melihat Papa memberi isyarat tangan kepada Mama seperti meminta Mama membiarkan aku sendiri. Aku rasa Papa faham. Papa tahu aku perlukan masa. Papa juga pernah muda, dia pernah rasa bagaimana rasanya berpisah buat pertama kali dari rumah.

Perjalanan kami memakan masa tiga jam setengah, awal perjalanan terasa sangat lambat. Jam bergerak seperti merangkak. Mungkin kerana aku terlalu banyak berfikir. Tentang katil baru. Tentang rakan-rakan sebilik. Tentang warden, walaupun aku hanya meneka berdasarkan apa yang ditulis di internet. Tentang sekolah aliran teknik, tentang jurusan Pengajian Kejuruteraan Elektrik dan Elektronik atau singkatannya PKEE. Tentang bangun awal pagi. Tentang bunyi loceng. Tentang peraturan-peraturan yang akan mengikat kebebasanku nanti. Tentang rasa rindu yang aku tahu akan menyapa setiap malam.

Namun, semakin lama, masa terasa bergerak semakin cepat. Sedar tak sedar, kami sudah melewati sempadan negeri. Bunyi deruan enjin dan lagu-lagu dari radio yang dipasang perlahan menjadi latar belakang kepada segala fikiran dan debaran dalam dadaku.Mama menghulurkan sebungkus roti ke belakang, "Makan sikit Aida, nanti lapar."

Aku menyambutnya perlahan. "Terima kasih, Ma."

Itu mungkin ayat paling panjang aku sejak pagi tadi. Mama tersenyum, puas hati, lalu kembali duduk diam di tempatnya.

Sekitar jam 5.45 petang, papan tanda sekolah aliran teknik itu akhirnya muncul di hadapan kami. Hati aku semakin berdebar. Papa memperlahankan kereta, membelok ke simpang menuju ke jalan memasuki kawasan sekolah. Deretan bangunan mula kelihatan , kebanyakannya 3 tingkat, kelihatan moden tetapi ada juga sebahagian bangunan lama di belakang. Ada padang besar di tengah, ada pelajar yang sedang berbaris, mungkin baru selesai aktiviti kokurikulum. Dan akhirnya, kami berhenti betul-betul di hadapan pintu pagar utama sekolah itu. Papa keluar mendaftar di pondok pengawal meninggalkan aku dan mama di dalam kereta. Aku hanya diam.

Mama menoleh ke arahku. "Dah sampai, Aida."

Aku mengangguk perlahan, menggenggam tali beg galas ku erat-erat. Nafas ditarik panjang.Pintu pagar itu terbuka luas. Tapi bagi aku, ia bukan sekadar pintu besi. Ia adalah gerbang ke dunia baru. Dunia yang aku belum tahu bagaimana untuk hadapinya.

II – Permulaan di Blok E

Selesai urusan pendaftaran di pos pengawal, Papa kembali ke kereta, memandu perlahan masuk ke pekarangan asrama. Kereta kami meluncur tenang di jalan kecil bertar berturap, melalui kawasan padang, bangunan kelas, dan blok-blok asrama yang tersusun mengikut huruf. Aku menatap keluar dari tingkap, cuba menyesuaikan diri dengan suasana yang masih terasa asing.

"Letak depan surau tu, bang. Dekat sikit dengan blok E," suara Mama memecah sunyi, memberi cadangan kepada Papa.

Tanpa banyak bicara, Papa mengangguk dan memberhentikan kereta betul-betul di hadapan surau kecil yang kelihatan masih baru, dengan kubah putih kecil dan pintu kayu yang sederhana. Kemudian Papa berjalan ke arah satu bangunan berhampiran, tertera tulisan **Pejabat Warden** di dinding hadapan bangunan itu.

Mama membuka pintu dan keluar terlebih dahulu diikuti aku yang membuka pintu belakang. Aku mengikut langkahnya, menarik beg galas dan beg pakaian dari pintu belakang, manakala Mama mengangkat baldi kecil berisi sabun, tuala, dan penyangkut baju. Udara petang yang hangat menyambut kami, diselang bunyi burung dari celah-celah pokok yang berbaris di sepanjang jalan asrama.

"Hanya perempuan dibenarkan masuk ke dalam blok ni puan," kata seorang kakak senior yang menjaga pintu masuk ke blok asrama perempuan.

Mama mengangguk hormat dan memeluk baldi rapat ke badan.

"Takpe, saya seorang yang akan hantar Aida sampai bilik," ujar Mama.

Kakak senior itu mengangguk, membenarkan kami masuk.

Blok E kelihatan seperti bangunan asrama yang lain, tiga tingkat, dicat dengan warna krim pucat, dengan tingkap-tingkap kaca disusun panjang secara melintang yang dibuka luas membiarkan angin petang masuk. Suasana agak lengang. Hanya kedengaran bunyi pintu diketuk, suara gadis berbual dari jauh, dan kasut-kasut disusun kemas di luar bilik.

Kami mendaki tangga menuju ke tingkat dua. Setiap langkah di anak tangga itu terasa seperti semakin menjauhkan aku dari rumah. Bilik E4 berada di hujung koridor, di tingkat 2 blok itu. Mama menolak pintu yang tidak berkunci dan masuk dahulu. Ruang bilik itu sederhana, memuatkan lapan katil dua tingkat, beberapa almari kecil, dan beberapa barisan tingkap kaca yang menghadap ke arah surau dan jalan masuk.

Aku memilih katil bawah yang terletak berhampiran tingkap, mungkin kerana mahu mudah melihat dunia luar bila malam terasa sunyi. Mama membantuku menyusun barang. Beg pakaian diletakkan di tepi katil, baldi disimpan di bawah, dan buku-buku sekolah dikeluarkan dari beg galas untuk disusun dalam rak kecil.

Ketika semuanya hampir selesai, Mama terdiam sejenak. Aku tahu dia cuba menyembunyikan perasaan. Tapi air mata yang mengalir di pipinya menceritakan segalanya. Dia memelukku erat.

"Belajar rajin-rajin, Aida. Jangan tinggal solat. Jangan lupa telefon Mama." Suaranya bergetar.

Aku hanya mampu mengangguk, tidak mahu menangis di hadapannya. Tapi dalam hati, sudah ada air mata yang menunggu masa untuk mengalir keluar.

Setelah pelukan itu, Mama berpaling dan keluar dari bilik. Aku mengikut ke pintu dan melihat Mama menuruni tangga. Aku berlari ke tingkap dan dari situ, aku nampak Papa yang berdiri di tepi kereta kemudian membuka pintu untuk Mama. Mereka berdua masuk dan kereta mula bergerak perlahan meninggalkan kawasan asrama. Apabila kereta itu berhenti di simpang surau, aku melihat papa memberikan lambaian kepadaku dan kemudian menyambung perjalanan. Aku hanya mampu berdiri kaku, aku paksakan senyuman yang entah mampu dilihat Papa dan Mama dari jauh, sambil memandang kereta itu hilang di sebalik selekoh.

Aku kini sendirian. Sedang aku termenung, bunyi almariku diketuk membuatkan aku berpaling.

"Awak pelajar baru eh?" tegur seorang gadis sambil tersenyum, rambutnya diikat kemas. Di belakangnya seorang lagi gadis berbadan kecil memerhati dari belakang bahunya.

"Ha'ah. Saya Aida," jawabku perlahan.

"Aku Ain. Ni Devi," katanya sambil menuding ke arah gadis di belakangnya. "Kami satu bilik dengan kau.Itu katil kami. Kami sampai pagi tadi." sambil menujukkan ke katil yang berada di hujung bilik itu.

Aku tersenyum kecil. Rasa kekok mula reda bila melihat senyuman mereka yang mesra.

"Awak dari mana?" tanya Devi pula, suaranya lembut.

"Dari Selangor. Ini pertama kali saya masuk asrama," jawabku, dan mereka berdua tersenyum memahami.

"Sama macam Devi. Tapi aku memang duduk asrama dari masa sekolah rendah. Jadi, aku ni kira macam 'otai' sikit lah bab asrama," kata Ain berseloroh, membuatkan kami semua ketawa kecil.

Kami terus berbual sambil aku mengemas sisa-sisa barang yang belum disusun. Mereka berkongsi cerita tentang pertemuan pertama mereka pagi tadi, tentang suasana asrama, dan juga tentang para senior yang hanya dapat ditemui tengahari tadi kerana kebanyakan mereka sedang menghadiri kelas tambahan di sekolah.

"Kelas mula esok. Jadi buat masa ni memang kita junior je yang ada kat asrama," Ain memberitahu. "Senior semua kat sekolah sampai lepas Maghrib."

Aku menganggguk. Walaupun belum kenal lama, aku mula rasa sedikit selesa dengan Ain dan Devi. Mungkin kerana kami semua sedang dalam fasa yang sama. Semuanya merasakan baru, perasaan gementar tapi cuba untuk berani.

Petang beranjak ke senja. Aku melihat ke luar, terasa sejuk angin senja menyapa wajahku.

"Jom makan," ajak Ain sambil menepuk bahuku. "Dewan makan kat belakang blok ni. Kita jalan ramai-ramai."

Aku hanya mengangguk dan mengambil tudung dari almari. Devi sudah siap memakai selipar, menunggu di pintu. Aku melangkah keluar dari bilik, mengikuti mereka berdua yang berjalan santai di koridor.

Aku mengekori langkah mereka dari belakang, menyusuri koridor tingkat dua yang semakin suram dengan cahaya senja. Suasana asrama mula terasa lebih hidup dengan suara pelajar lain yang juga bergerak ke arah dewan makan.

Langkah demi langkah aku ambil, meninggalkan bilik E4 yang kini menjadi tempat baruku. Dewan makan menanti dan dengan itu, permulaan malam pertamaku sebagai pelajar asrama.

III – Langkah Pertama, Ingatan Pertama

Langit senja semakin pekat, meninggalkan gema-gema hening yang dibawa angin petang. Aku menyusul dari belakang Ain dan Devi, perlahan-lahan aku melangkah mengikuti mereka.

"Jalan ikut kami ya, nanti lama-lama kau hafal laluan ni," kata Ain sambil tersenyum ke arahku. Devi pula hanya menganggguk kecil, seperti biasa, tenang dan tidak banyak cakap.

Menuruni anak tangga konkrit yang sedikit sempit. Setiap langkahku terasa seperti ditulis dalam sebuah catatan baru, catatan hidupku yang kini bermula di sini, jauh dari rumah.

Sampai di bawah, kami membelok ke kanan, menyusuri laluan sempit antara blok E dan pagar asrama. Jalan itu hanya muat untuk dua orang berjalan seiring, jadi Ain dan Devi berjalan di hadapan, manakala aku mengikuti dari belakang. Langkah kami bergema lembut di atas laluan bertar bertompok tanah, dengan lampu-lampu tiang mula menyala satu per satu di kiri dan kanan jalan. Lampu itu berwarna kekuningan, mencipta suasana yang tenang tetapi sedikit suram.

Sebelah kiri kami adalah surau kecil, berwarna putih dengan tingkap kaca dan pintu kayu bercat coklat. Kubah kecil di atas bumbung surau kelihatan berkilau terkena pantulan cahaya lampu jalan. Di situ jugalah Mama dan Papa berhenti sebentar petang tadi, sebelum aku dihantar naik ke bilik. Surau itu betul-betul menghadap blok E, dan aku mula menghafal letaknya kedudukan semua, penting untuk tahu arah bila tiba waktu solat nanti.

Ketika kami hampir melepasi surau, pandanganku terhenti pada sebuah kereta berwarna kelabu yang masih berhenti di hadapan pintunya. Ia bukan kereta yang aku kenal, tapi ia menarik perhatianku kerana enjin masih hidup, lampunya bersinar terang menerangi perjalan kami bertiga, melahirkan bayangan panjangan sehingga ke ampaian di tepi blok E dan aku lihat ada dua orang di dalam, seorang dewasa di tempat pemandu dan seorang pelajar yang baru keluar dari pintu kereta.

Pelajar itu seorang perempuan. Tubuhnya sederhana dan memakai tudung putih yang baru. Dia memandang ke arahku, lampu kereta yang tepat memancar ke arahku menyilaukan mata membuatkan aku hanya mampu melihat namun kurang jelas, kerana kami bertentangan arah dan kemudian... dia melambai.

Aku hampir terhenti, kakiku sedikit melambatkan langkahan. Jantungku berdegup lebih kuat dari biasa. Kenapa dia melambai? Aku pandang kiri dan kanan, namun hanya aku di belakang Ain dan Devi. Mustahil dia melambai mereka yang dari tadi rancak berborak sambil melangkah dengan badan menghadap dewan makan. Tapi... aku tidak mengenal sesiapa di sini. Baru beberapa jam aku sampai. Tak mungkin dia melambai ke arahku?

"Aida, jomlah," suara Ain kedengaran, sedikit jauh di depan.

Aku cepat-cepat mengalih pandanganku dan mulai melangkah semula, kali ini lebih pantas. Aku tak mahu mereka perasan aku terhenti hanya kerana hal yang tidak pasti. Aku menoleh sekali lagi ke arah surau, pelajar itu sudah tiada. Kereta pun sudah mula bergerak meninggalkan perkarangan kecil di hadapan surau.

Mungkin dia melambai seseorang, orang lain.

Mungkin aku tersilap pandang.

Mungkin...

Langkah kami terus ke belakang blok D, dan dari jauh aku mula nampak bumbung merah bangunan dewan makan. Bunyi sudu dan pinggan yang berlanggar, suara gelak tawa pelajar lain, dan bau makanan yang baru dihidangkan mula menyambut kami. Ain dan Devi seperti biasa, rancak berbual tentang lauk malam ini, kata Ain hari Ahad lauk kari ayam.

Aku hanya mendengar, dan sesekali tersenyum. Tapi di dalam hati, aku masih memikirkan tentang pelajar tadi.

Siapa dia?

Adakah benar dia melambai ke arahku?

Atau sekadar angin senja yang mempermainkan perasaanku yang masih belum stabil di tempat asing ini?

Malam pertama di asrama baru ini belum lagi berakhir, namun perasaanku sudah mula bermain dengan soalan-soalan yang tiada jawapan.

IV – Perkenalan Tieya

Dewan makan agak sesak malam itu. Barisan pelajar memenuhi ruang hadapan, menunggu giliran untuk mengambil makanan. Aku berdiri di antara Ain dan Devi sambil memerhatikan sekeliling. Ruang makan yang luas dengan deretan meja panjang disusun rapi, masing-masing mampu memuatkan enam hingga lapan orang. Di satu sudut, aku perasan ada tong air minuman dan rak pinggan bersih. Di dinding tergantung carta tugas mingguan, mungkin ditulis oleh warden atau pelajar bertugas.

Ini malam pertama aku di sini dan seperti anak kecil yang baru belajar berjalan, aku cuba menyerap sebanyak mungkin maklumat. Cara mereka membawa dulang, di mana mereka duduk, ke mana mereka letakkan pinggan selepas makan. Semua itu kelihatan remeh bagi yang sudah biasa, tetapi bagi aku, semuanya penting. Aku tidak mahu tersilap langkah. Biarlah nampak canggung sekarang, asal nanti aku tidak perlu bertanya perkara yang mudah kemudian.

Sedang asyik memerhati, tiba-tiba bahuku dicuit dari belakang. Aku tersentak sedikit, kepala menoleh cepat ke arah sentuhan itu. Di sebalik cahaya dewan yang kekuningan, aku melihat wajah seorang pelajar perempuan yang memandangku dengan senyuman di wajahnya. Degupan jantungku bertambah laju.

Dia... pelajar yang aku nampak di depan surau petang tadi.

"Kenapa tak balas lambaian aku tadi?" soalnya perlahan, suaranya lembut tapi cukup jelas untuk membuatkan aku membeku seketika.

Aku tergagap sedikit. "Err... saya... saya ingat Kakak melambai orang lain..."

Dia ketawa kecil, nada suaranya seperti tidak berkecil hati, malah gembira dengan jawapanku.

"Aku bukan senior. Aku Tingkatan Empat juga. Baru sampai petang tadi... dari Kelantan," katanya. "Nama aku Tieya."

Aku menarik nafas lega, walaupun masih terasa malu dengan salah sangka tadi. "Aku Aida... maaf, saya tak nampak sangat sebab cahaya kereta terang sangat."

"Aku faham," katanya sambil tersenyum. "Lagi pun, memang susah nak cam muka orang waktu baru sampai. Semua pun nampak asing."

Ain dan Devi yang sejak tadi mendengar dari sisi akhirnya turut menyapa.

"Oh, kau pelajar baru juga?" tanya Ain, ceria seperti biasa.

"Ya, aku sebilik dengan korang. Ustaz yang cakap sambil tunjuk Aida masa korang berjalan depan surau. Itulah yang aku lambai tadi. Ustaz yang suruh ambil katil yang kosong. Katil atas Aida," kata Tieya sambil mengangkat kening ke arahku.

Aku terpinga sebentar. "Katil atas?"

"Ya lah, tadi masa aku naik bilik, korang semua dah keluar. Aku tengok katil bawah kosong tu ada barang, jadi aku ambil atas tu. Kalau tak kisah lah."

Aku menggeleng cepat. "Tak kisah, tak kisah langsung. Lagipun senang, nanti kita boleh tolong-menolong."

Perbualan kami berlanjutan seiring barisan yang semakin bergerak ke depan. Aku sudah rasa lebih selesa. Kejutan kecil tadi kini berubah menjadi kelegaan. Rupanya gadis misteri itu bukan sekadar pengacau fikiranku petang tadi, tetapi kini bakal menjadi rakan sebilik. Malah, sebantal secara tidak langsung.

"Dari Kelantan ya? Jauh tu," ujar Ain..

"Lama juga perjalanan. Kami gerak awal pagi tapi tersekat dekat Gua Musang. Jalan sempit, lori banyak," terang Tieya.

"Tapi sempat daftar?" tanya Ain.

"Sempat, nasib baik ustaz masih ada di pejabat warden. Aku terus masuk asrama lepas daftar, terus naik bilik. Ayah aku pun tak lama tunggu. Dia penat."

Makanan kami akhirnya sampai ke tangan. Nasi putih, kari ayam, sedikit sayur kubis dan air sirap dingin. Kami duduk berempat di satu meja kosong di hujung dewan. Makan malam pertama yang sebelum ini aku bayangkan akan terasa canggung, kini menjadi pengalaman yang menyenangkan. Kami berbual tentang negeri masing-masing, keluarga, sekolah lama, dan juga harapan terhadap kehidupan di sini.

Tieya seorang yang ramah, mudah membuatkan orang lain merasa dekat dengannya. Ada loghat Kelantan yang pekat dalam tutur katanya, tetapi itu menambahkan kemesraan, bukan penghalang. Aku merasa beruntung kerana dia bukan saja rakan baru, tapi sebilik pula.

Sesekali aku mencuri pandang ke arah wajah-wajah mereka. Ain yang riuh, Devi yang tenang, dan Tieya yang peramah. Masing-masing unik, tetapi serasi dalam satu kelompok yang baru dibentuk.

Malam terus melarut. Selepas makan, kami mulai berjalan kembali ke blok E bersama-sama. Bintang mula muncul satu demi satu di langit gelap, menyinari koridor yang akan kami lalui. Kali ini langkahku lebih tenang. Aku tidak lagi memikirkan tentang sunyi atau kesendirian. Aku tahu, permulaan yang baru ini tidaklah seasing yang aku sangka.

V – Langkah Kecil ke Surau Putih

Kami keluar dari dewan makan berempat iaitu aku, Ain, Devi, dan Tieya. Dengan perut kenyang, hati sedikit lega. Malam yang tadi terasa asing kini beransur mesra, mungkin kerana kami kini sudah menjadi sebahagian daripada sebuah kumpulan kecil yang saling menyokong.

Suasana asrama mulai sunyi. Hanya sesekali kedengaran suara pelajar dari jauh. Langkah kami menuju ke blok E perlahan, seperti tidak mahu terlalu cepat menamatkan malam pertama yang penuh kejutan dan perasaan teruja.

Setibanya di bilik E4, kami bergilir untuk mandi. Ain menjadi orang pertama, katanya sudah biasa dengan jadual seperti ini, jadi dia boleh cepatkan urusan. Aku menunggu giliran sambil memperhatikan bagaimana Ain menguruskan barang-barang mandinya. Sabun badan, syampu, dan berus gigi semuanya disimpan dalam bakul kecil berlubang yang boleh digantung di hujung katil.

"Nanti kau pun buat macam ni, Aida," katanya sambil menunjukkan bakul mandinya. "Senang nak angkut ke tandas. Lepas guna, simpan je kat tempat tetap. Jangan main letak."

Aku mengangguk, mencatat dalam kepala.

Dan bukan itu saja. Ain juga memberi panduan penting tentang menjaga kebersihan di tandas asrama.

"Kalau datang bulan, pad tu kena bungkus elok-elok. Masuk dalam plastik dulu sebelum buang ke dalam tong sampah. Jangan tinggal terbuka. Kesian kawan-kawan lain nanti," pesannya serius, tetapi lembut.

Aku dan Tieya mendengar penuh perhatian. Walaupun perkara itu peribadi, Ain menyampaikannya dengan cara yang mesra tetapi tegas, sesuatu yang aku kagumi daripadanya.

Selepas semua selesai mandi, kami bersiap untuk solat Maghrib. Devi tinggal di bilik, katanya dia mahu berehat sekejap sebelum prep malam. Letcy, pelajar India yang baru kami kenali juga tidak turut serta turun. Tiga lagi pelajar dalam bilik kami sedang datang bulan, jadi mereka juga tinggal kerana tidak solat.

Aku, Ain dan Tieya turun bertiga menuju ke surau. Jalan ke surau kini terasa lebih mudah. Langkahku lebih yakin, walaupun ini kali pertama aku benar-benar masuk ke dalamnya.

Sampai di pintu surau, aku perasan sesuatu yang aku tidak perhatikan petang tadi, pintunya diperbuat daripada kayu tebal berwarna coklat gelap, dengan ukiran yang halus di bahagian atas dan tepi. Ukiran itu berbentuk bunga dan sulur daun, sangat indah dan menenangkan. Aku menyentuhnya seketika, merasai tekstur kayu yang dingin dan kasar. Ada ketenangan yang aneh dalam setiap ukiran itu.

Kami membuka kasut dan selipar sebelum masuk. Di situ, Ain berbisik kepadaku, "Selipar letak elok-elok. Susun kepala ke depan, senang cari bila keluar nanti. Kalau main longgok, boleh hilang nanti."

Aku menurut, menyusun seliparku betul-betul di tepi pintu, kepala ke arah luar. Rasa bangga kecil muncul dalam hati, perkara-perkara kecil ini, walaupun nampak remeh, terasa seperti langkah penting dalam proses menyesuaikan diri di sini.

Masuk ke ruang solat perempuan, aku disambut langsir putih yang tergantung dari siling ke lantai. Langsir itu memisahkan ruang solat perempuan daripada ruang lelaki di depan. Kami melangkah perlahan ke ruang belakang langsir, dan mengambil tempat di sejadah masing-masing. Ruang itu tidak terlalu besar, tetapi cukup untuk memuatkan sekitar empat ke lima puluh pelajar perempuan. Bau sejadah yang bersih dan tikar getah yang masih baru memberikan rasa segar.

Kami solat Maghrib berjemaah. Merdunya suara imam dari balik langsir, mungkin salah seorang guru atau pelajar senior. Suara itu tenang dan jelas, membantu aku untuk fokus walaupun perasaanku masih dilanda rasa asing.

Selepas memberi salam terakhir, aku duduk sejenak. Tangan diangkat perlahan, dan aku menutup mata.

Dalam diam, aku berdoa.

"Ya Allah, permudahkanlah urusan aku di sini. Jadikanlah kehidupan asrama ini tempat untuk aku belajar, untuk aku matang, untuk aku cemerlang dalam pelajaran dan sahsiahku. Kurniakan aku rakan-rakan yang baik, hati yang sabar dan fikiran yang tenang."

Kemudian, aku menyambung lagi dalam hati.

"Lindungilah Mama dan Papa dalam perjalanan pulang. Jauh perjalanan mereka malam ini. Jadikanlah aku anak yang tidak mengecewakan harapan mereka."

Aku membuka mata perlahan. Air mata sedikit bergenang, tetapi aku menyembunyikannya dengan senyum.

Aku memandang ke sisi, Ain sedang berdoa dengan khusyuk, dan Tieya memandang ke bawah, diam dalam tafakur.

Surau itu, dengan langsir putihnya, ukiran kayunya, dan bayangan lembut lampu kuning dari luar, terasa seperti pelindung. Seolah-olah tempat yang kecil ini menjadi permulaan kepada banyak doa yang akan kuungkap sepanjang kehidupanku di sini.

Dan malam pun semakin larut.

VI – Syiling dan Waktu Malam

Selepas solat Maghrib, aku, Ain dan Tieya tidak terus pulang ke bilik. Suasana surau yang tenang dan dingin ditambah dengan rasa malas hendak naik turun tangga dua kali, membuat kami mengambil keputusan untuk menunggu terus di situ sehingga waktu solat Isyak tiba.

Kami duduk bersandar di dinding sambil berbual perlahan. Cahaya lampu surau yang kekuningan memantulkan bayang-bayang lembut pada lantai dan tirai putih yang memisahkan ruang solat lelaki dan perempuan. Kadangkala sayup kedengaran suara pelajar perempuan yang membaca al-Quran dari belakang membuatkan hati terasa damai.

Bila azan Isyak berkumandang, kami bangun dan menyusun saf. Seperti tadi, imam dari ruang depan mengimamkan solat. Suaranya lunak, tenang dan menyentuh hati. Seusai memberi salam, kami berdoa sebentar sebelum bangkit mengambil telekung dan keluar dari surau.

Ketika itulah kami menyaksikan sesuatu yang membuatkan kami saling berpandangan.

Seorang pelajar perempuan berdiri tercari-cari seliparnya. Wajahnya jelas cemas, matanya melihat ke kiri dan kanan. Seorang pelajar senior, berwajah serius, berdiri tidak jauh darinya sambil memegang beberapa pasang selipar di tangan. Suaranya kedengaran jelas.

"Ini kali pertama. Lain kali, pastikan susun elok-elok. Kalau dibiarkan bersepah, orang lain pun susah nak keluar masuk. Faham?"

Pelajar itu hanya mengangguk perlahan, menahan malu. Seliparnya diserahkan kembali, dan dia berlalu pergi.

Aku menelan liur. Walaupun teguran itu tidak kasar, tetapi cukup membuatkan aku berhati-hati. Dalam hati, aku berjanji tidak akan membiarkan seliparku bersepah di hadapan surau. Bukan kerana takut pada senior, tetapi kerana aku tidak mahu menyusahkan orang lain dan kerana aku tahu, setiap perbuatan mencerminkan diri.

Kami berjalan pulang ke blok E dalam diam, masing-masing masih memikirkan peristiwa tadi.

Sampai di bilik, suasananya lengang. Tiada sesiapa di dalam. Lampu padam dan katil-katil kosong. Aku memandang Ain dengan penuh tanda tanya.

"Sekarang sudah lepas pukul lapan malam. Pelajar kena berada sama ada di surau atau bilik ulang kaji untuk persediaan belajar. Yang tidak solat Maghrib mesti berada di bilik prep tepat pukul 8 malam. Tak boleh berkeliaran sesuka hati. Nanti pukul sembilan baru boleh pergi supper, lepas supper perlu kembali ke bilik prep." jelas Ain.

"Oh..." aku menganggguk, menyesuaikan diri dengan peraturan yang masih baru.

Ain meletakkan telekungnya di hujung katil, lalu berkata, "Jomlah kita terus ke dewan makan. Nanti ramai sangat orang kalau lambat."

Aku dan Tieya bersetuju. Kami hanya meletakkan telekung dan sejadah, lalu turun semula bertiga ke dewan makan yang terletak di belakang blok D.

Dewan makan belum terlalu penuh. Kami melangkah masuk dan mencari tempat duduk kosong. Di salah satu meja, aku terlihat wajah yang dikenali, Devi.

Dia duduk seorang diri, memegang cawan dan semangkuk kecil bubur kacang hijau. Wajahnya tenang, sedikit termenung.

"Devi!" sapa Ain ceria. "Seorang je?"

Devi tersenyum, menjemput kami duduk. Kami bertiga mengambil tempat di sekelilingnya. Tieya segera mengambil cawan air, manakala aku hanya mengambil roti sapuan marjerin dari kaunter.

"Sempat tidur ke?" tanya Tieya berseloroh.

Devi geleng kepala. "Tak... Aku kemas almari tadi. Masa sapu laci bawah, aku terjumpa satu beg kecil."

"Beg?" aku bertanya.

"Ya. Macam beg uncang. Tapi dalamnya... penuh dengan syiling lama. Pelbagai jenis mata wang dari negara lain."

Ain dan Tieya mula tertarik. Aku mencondongkan badan ke depan. "Serius?"

Devi mengangguk perlahan. "Ada dari Jepun, dari Thailand, dari Indonesia... dan satu yang paling lama tu dari Amerika. Tahun 1906."

Aku tersentak kecil. "Tahun seribu sembilan ratus enam?"

Devi mengangguk lagi, kali ini mengeluarkan sesuatu dari beg kecil yang disimpan di dalam bajunya. Syiling itu agak besar, berwarna emas kusam, dan mempunyai ukiran yang halus. Aku mengambilnya perlahan dari tangan Devi, membelek dengan hati-hati.

"United States of America... Twenty Dollars..." bisikku.

Angka 1906 tertera jelas di bahagian bawah.

Syiling itu berat, seolah-olah bukan sekadar logam biasa. Reka bentuknya seperti datang dari zaman lain, satu dunia yang asing dan bersejarah.

Kami bertiga terdiam. Memandang syiling itu seolah-olah ia mengandungi cerita yang belum pernah diceritakan.

Dan malam itu, di meja dewan makan yang sederhana, kami bukan sahaja berbual tentang asrama atau sekolah.

Kami berbicara tentang sejarah.

Tentang misteri.

Tentang sebuah syiling dari tahun 1906 yang tanpa kami sedari adalah permulaan kepada sesuatu yang mungkin jauh lebih besar daripada yang kami jangkakan.

VII – Bilik yang Terkunci

Selepas selesai minum malam, kami bangkit meninggalkan dewan makan bersama-sama. Suasana asrama sudah semakin tenang, hanya disinari lampu jalan yang kekuningan. Waktu hampir pukul sembilan setengah malam. Langit malam kelam, bertabur bintang, dan angin malam menyapa lembut wajah kami.

Kami berempat berjalan menuju ke bilik prep – pusat ulang kaji malam untuk pelajar asrama. Derap kaki kami beriringan di atas jalan tar yang lembap dek embun malam. Kali ini aku berjalan di sisi Tieya, sementara Ain dan Devi berbual perlahan di belakang kami.

"Tempat ni rasa sunyi bila malam, kan?" Tieya membuka bicara.

Aku mengangguk. "Ya. Tapi bila dah ramai, rasa sunyi tu hilang sikit."

"Eh, Aida," Tieya mendekatkan suara, "bilik E5 tu... kenapa dikunci ya?"

Aku menoleh, sedikit terkejut dengan soalan itu. Bilik E5 yang terletak bersebelahan dengan bilik kami, E4. Tapi sejak sampai, aku memang perasan pintunya tertutup rapat. Tidak ada bunyi dari dalam dan di tepi pemegangnya tampak seperti telah dibuatkan lubang, dimasukkan rantai di dalam lubang itu dan dikunci.

"Aku pun tertanya-tanya sebenarnya," balasku. "Siang tadi, masa aku berbual dengan Ain, dia ada sebut pasal bilik tu."

"Apa dia cakap?" soal Tieya ingin tahu.

"Ain kata... bilik tu memang dikunci setiap tahun. Senior-senior cuma pesan supaya jangan cuba buka atau dekati. Tak ada penjelasan lanjut."

"Hah?" Tieya berkerut dahi. "Maksud kau... memang tak ada siapa tahu sebab apa?"

Aku mengangguk perlahan. "Ain pun tak tahu. Katanya banyak tahun sudah bilik tu tak dibuka. Cuma... semua orang memang tak tanya lebih. Macam dah jadi perkara yang semua terima begitu saja."

"Pelik..." gumam Tieya, pandangannya seperti melayang jauh. "Kalau betul ada sebab penting, kenapa tak dijelaskan saja? Takutlah macam ni."

Aku hanya diam. Dalam hatiku sendiri, rasa ingin tahu semakin menebal. Tapi pada masa yang sama, aku tidak mahu menambah resah. Mungkin ada sebab yang wajar, atau mungkin... memang lebih baik tidak tahu.

Di belakang, Ain dan Devi tampak terdiam. Aku sempat menoleh melihat mereka berjalan perlahan tetapi tidak lagi berbual seperti tadi. Raut wajah mereka serius. Mungkin mereka terdengar perbualan kami. Atau mungkin... mereka tahu sesuatu yang kami tidak tahu.

Kami akhirnya tiba di blok E semula. Suasana tingkat dua agak sepi. Pelajar lain sudah berangkat ke bilik prep atau masih di bilik ulang kaji. Kami melangkah masuk ke bilik E4.

"Aku ambil buku-buku matematik," ujar Ain, memecah senyap seketika.

"Aku ambil nota sains sekali," kata Devi sambil membuka almari.

Aku dan Tieya turut mengemas barang seperti buku teks, alat tulis, nota kecil dan lampu meja kecil yang boleh dicas. Kami semua meletakkan barang ke dalam beg masing-masing tanpa banyak bicara. Perbualan tentang bilik E5 tadi seakan tergantung di udara seperti kabus yang belum mahu hilang.

Ain tidak menoleh kepada kami, hanya memandang ke dalam begnya. Devi pula hanya menunduk.

Aku rasa tidak enak.

Seolah-olah apa yang kami bincangkan tadi telah menyentuh sesuatu yang sepatutnya tidak disentuh.

Kami meninggalkan bilik dengan beg masing-masing, dan menyusuri koridor menuju ke bilik prep yang terletak di tingkat bawah blok akademik. Suara pelajar lain mula kedengaran di kejauhan, dan suasana kembali hidup dengan bayangan pelajar yang duduk tekun di meja masing-masing.

Tapi sepanjang perjalanan, tiada siapa berbual lagi.

Tidak Ain. Tidak Devi. Tidak Tieya. Dan aku sendiri diam seribu bahasa.

Bilik E5 yang pada siang tadi hanya sebuah pintu tertutup kini menjadi satu bayangan yang bergerak perlahan dalam fikiran kami.

Dan malam itu, kami mengulang kaji di bilik prep seperti biasa.

Kami menyusun buku.

Kami membaca nota.

Kami membuat latihan.

Dan perbualan tentang bilik yang terkunci itu cuma hilang begitu saja, ditelan sunyi malam.

VIII – Di Ampaian Bawah Blok E

Selesai prep malam, pelajar-pelajar mulai kembali ke bilik masing-masing. Suasana koridor dipenuhi langkah-langkah perlahan, suara berbisik, dan pintu-pintu kayu yang ditutup dengan lembut. Hari pertama kami di asrama sudah hampir tamat dan aku sendiri terasa keletihan mula menyelinap perlahan-lahan di otot-otot tubuhku.

Setibanya kami berempat di bilik, masing-masing meletakkan buku dan alat tulis di atas katil atau dalam beg. Aku sedang melipat nota kecilku ke dalam fail ketika Ain tiba-tiba bersuara.

"Korang... temankan aku ambil air kat bawah, boleh?" katanya sambil memegang botol kosongnya.

Aku menoleh. "Sekarang?"

"Ya. Sekejap je. Kat penapis air bawah blok ni. Ramai orang ambil masa lepas prep, jadi baik kita pergi sekarang. Jomlah, sekali harung boleh korang tengok tempat ambil air terus, nanti senang korang nak ambil sendiri" kata Ain, cuba meyakinkan.

Tanpa banyak soal, kami bertiga mengangguk. Masing-masing turut mencapai botol air sendiri. Aku, Tieya, dan Devi keluar menyusuri tangga bersama Ain, menuju ke tingkat bawah Blok E di mana penapis air ditempatkan iaitu berdekatan kawasan ampaian baju, tidak jauh dari surau kecil yang tadi menjadi saksi solat pertama kami bersama.

Sampai di sana, kelihatan sudah ramai pelajar beratur. Suasana agak bising dengan pelajar-pelajar perempuan yang berbual sambil menunggu giliran, ada yang bersandar di dinding, ada juga yang duduk di lantai. Kami berempat memilih untuk menunggu di sudut meja panjang yang terletak betul-betul di tepi kawasan ampaian.

"Aku ada satu cadangan," kata Ain tiba-tiba, suaranya merendah sedikit tetapi cukup membuatkan kami yang lain memandang ke arahnya.

"Apa dia?" tanya Tieya.

Ain tersenyum kecil. "Kita main permainan... Spirit of a Coin."

Aku terdiam seketika. Nama permainan yang pernah aku dengar, tetapi tidak pernah ku mainkan sendiri. Tieya mengerutkan kening. Devi pula hanya memandang Ain tanpa berkata apa-apa.

"Apa tu sebenarnya?" aku bertanya, separuh ingin tahu, separuh berhati-hati.

Ain duduk lebih dekat dengan kami, suaranya direndahkan seolah-olah ingin memastikan tiada pelajar lain mendengar. "Permainan ni bukan baru. Aku pernah main masa kat asrama lama dengan senior aku dulu. Tak ada apa-apa pun. Tapi... menarik. Seram sikit, tapi seronok."

Dia menyambung dengan penuh semangat, matanya bercahaya seperti orang yang sedang menyampaikan rahsia besar.

"Kita perlukan sekeping duit syiling, sekeping kertas dengan abjad A sampai Z disusun separuh bulatan, dan perkataan YES dan NO di bahagian atas dan bawah. Letak jari atas syiling, dan tanya soalan. Kalau semangat 'hadir', dia akan gerakkan syiling ke arah huruf-huruf untuk menjawab. Tapi... kena ikut peraturan."

"Apa peraturan dia?" tanya Tieya, suaranya sedikit ragu.

Ain segera menjelaskan.

"Pertama, jangan main sambil ketawa atau main-main. Kena serius. Kedua, maksimum hanya empat orang boleh main serentak. Ketiga, jangan cabar atau marah 'semangat' yang hadir. Dan... bila dah mula, tak boleh berhenti sesuka hati."

Devi mengangkat sedikit kening, tetapi tidak berkata apa-apa. Tieya pula memandangku, seolah-olah meminta aku memberi reaksi dahulu sebelum dia membuat keputusan.

Aku menghela nafas. Sejujurnya, sebahagian dalam diriku merasa bimbang. Tapi lebih besar dari itu... aku rasa ingin menjadi sebahagian daripada kumpulan kecil ini. Mereka adalah rakan-rakan pertama yang aku kenal dalam dunia baru ini. Peluang untuk 'masuk' dalam kelompok ini terasa penting. Dan... bukankah ini hanya sekadar permainan?

"Ain... masa kau main dulu kat sekolah lama... ada apa-apa berlaku?" tanyaku hati-hati.

Ain tersenyum yakin. "Tak ada apa pun. Kami main dua tiga kali. Kadang bergerak, kadang tak. Tapi tak ada apa-apa yang pelik. Cuma rasa berdebar tu... buat kita rasa teruja sikit."

Aku mengangguk perlahan. "Okay... aku setuju."

Tieya tersenyum kecil. "Kalau Aida setuju... aku pun join."

Kami bertiga menoleh ke arah Devi. Dia hanya mendiamkan diri, memandang botol air di tangannya.

"Devi?" panggil Ain perlahan.

Devi mengangkat wajahnya dan hanya berkata perlahan, "Aku tak tahu... Tapi kalau korang semua nak main... aku ikut."

Dan begitu saja, tanpa banyak paksaan, kami berempat telah bersetuju untuk bermain sesuatu yang belum pernah kami alami.

Permainan yang disebut Spirit of a Coin itu permainan yang mungkin kelihatan seperti satu aktiviti untuk suka-suka, tetapi aku dapat rasakan sesuatu yang lebih... dari sekadar itu.

Di meja batu yang sunyi di bawah blok E, antara tiupan angin malam dan deru ampaian yang berayun, kami semua diam. Masing-masing mungkin sedang membayangkan apa yang akan terjadi. Tidak ada yang bercakap tentang rasa takut. Tidak ada yang menyebut soal ragu-ragu.

Kami hanya menunggu giliran mengisi air.

Dan menunggu permulaan satu permainan yang akan mengubah segalanya.

IX – Peraturan dan Dua Nama Senior

Selesai mengisi botol air masing-masing, kami berempat naik semula ke bilik. Suasana malam di asrama mulai sunyi. Lampu koridor mula malap satu demi satu menandakan hari bakal berakhir. Namun, entah mengapa, rasa penat dalam tubuh masih belum cukup kuat untuk mengusir debaran yang muncul sejak permainan Spirit of a Coin disebut sebentar tadi.

Tangga ke tingkat dua terasa sedikit lebih berat untuk didaki malam itu. Mungkin kerana kami semua sudah mula berfikir tentang permainan itu sambil melangkah atau mungkin kerana air dalam botol yang kami bawa menambah beban.

Sebaik sahaja kami sampai di depan bilik E4 dan membuka pintu, satu suara lantang menegur kami.

"Semua, baris sekarang."

Aku tergamam.

Dalam bilik yang dulunya terasa milik kami berempat kini tampak sedikit berbeza. Dua orang pelajar senior berdiri di hadapan bilik, dekat katil paling hadapan. Seorang berwajah bulat dan ceria, tetapi tegas. Seorang lagi sedikit tinggi, berkaca mata, dengan riak wajah yang lebih serius. Semua pelajar dalam bilik sudah berdiri dalam satu barisan menghadap mereka.

Aku dan yang lain cepat-cepat masuk dan menyusun barisan bersama.

Senior berwajah bulat itu mula memperkenalkan dirinya. "Nama saya Kak Ayu. Saya ketua bilik ni. Katil saya yang paling depan sebelah kanan. Yang ni pula..."

Dia menuding ke arah senior berkaca mata.

"Saya Kak Linda," jawabnya ringkas.

Kak Ayu menyambung dengan nada lebih santai tetapi tegas, "Mulai malam ni, kami akan pantau semua dalam bilik ni. Dan untuk permulaan, kami akan kenal dulu setiap orang."

Satu per satu kami diminta memperkenalkan nama, asal, dan apa-apa perkara menarik yang ingin dikongsi. Suasana menjadi sedikit longgar, walaupun semua masih berdiri dengan tertib. Apabila tiba giliran aku, aku perkenalkan diriku dengan suara perlahan tetapi jelas.

"Aida. Dari Selangor. Anak tunggal."

Kak Ayu tersenyum. "Anak tunggal? Kena belajar berdikari betul-betul kat sini ya."

Aku hanya mengangguk.

Selepas semua selesai memperkenalkan diri, Kak Linda mengambil giliran untuk bercakap. Suaranya lebih serius.

"Kami nak semua ikut peraturan bilik. Pertama sekali, tiada barang tajam dibenarkan. Tak kira gunting, pisau lipat, pisau pemotong kuku. Kalau nak gunting kertas pun, pinjam dari kami. Jangan simpan sendiri."

Beberapa pelajar kelihatan terkejut. Aku hanya mengangguk perlahan, mencatat dalam hati.

"Kedua," sambung Kak Ayu, "cermin hanya dibenarkan jika kecil dan bulat, saiz tak lebih dari tapak tangan. Cermin besar atau cermin segi empat yang boleh berdiri sendiri... tak dibenarkan sama sekali."

Aku menoleh sedikit ke arah almari, teringat ada seorang pelajar yang meletakkan cermin meja segi empat. Mungkin akan dirampas selepas ini.

"Kami juga sangat pentingkan kebersihan bilik," kata Kak Linda lagi. "Bilik kita ni kecil. Kalau kotor, semua akan rasa tak selesa. Jadi, semua kena bertanggungjawab. Tak ada alasan."

Kak Ayu menambah, "Dan satu hal... petang tadi, sepatutnya semua pelajar baru kena bersihkan bilik ni sebelum pukul tujuh semasa waktu bersiap untuk Maghrib. Tapi kami faham... kami berdua tiada masa tu. Jadi malam ni, sebagai ganti... semua akan bersihkan bilik sekarang."

Beberapa pelajar kelihatan sedikit terkejut. Aku dan kawan-kawan saling berpandangan. Ain memandang ke bawah, Tieya melepaskan nafas perlahan. Devi diam seperti biasa.

Ayu menepuk tangan. "Tak lama pun. Kita bahagikan tugas. Ada yang sapu lantai, kemas almari kasut, lap tingkap. Lagi cepat siap, lagi cepat boleh rehat."

Walaupun rasa penat mula menguasai, kami semua akur. Tanpa banyak bantahan, kami mengikut arahan. Aku dan Tieya ditugaskan menyapu lantai bilik dari hujung ke hujung. Devi dan Ain membersihkan tingkap dan menyusun selipar di luar bilik. Pelajar lain juga sibuk dengan tugas masing-masing.

Ketika aku menyapu di sudut bawah katil, aku perasan ada serpihan kertas kecil dan satu butang baju yang terjatuh. Mungkin dari pelajar sebelum ini. Aku kumpulkan semua ke dalam penyodok.

Walaupun mula-mula kami semua diam, lama-kelamaan suasana menjadi lebih ringan. Ada yang berbual perlahan sambil menyapu. Ada yang mula ketawa kecil apabila melihat barang-barang pelik di bawah almari.

Kak Ayu memerhati dari depan, kadang-kadang membantu mengangkat barang. Kak Linda pula mencatat sesuatu di buku nota, mungkin jadual tugas harian.

Akhirnya, selepas hampir dua puluh minit, bilik kembali bersih dan kemas. Lantai sudah disapu, kasut tersusun, tingkap bersih tanpa cap jari.

"Bagus," kata Kak Ayu sambil tersenyum. "Esok kita akan mula mengikut jadual yang akan ditampal di pintu bilik nanti."

Kak Linda menambah, "Sekarang, semua boleh bersiap untuk tidur. Pukul 11:00 lampu bilik akan ditutup."

Kami semua mengangguk dan mula bersurai. Aku kembali ke katilku dengan tubuh yang mulai letih tetapi puas. Tieya melabuhkan duduk di atas katil atas. Devi menyusun bantalnya. Ain sedang mengisi air ke dalam botol lebih kecil untuk diminum esok pagi.

Malam itu, walaupun hanya pengenalan dan tugas bersih-bersih, terasa seperti kami benar-benar telah melangkah masuk ke dalam kehidupan sebenar asrama. Bukan lagi pelawat, bukan lagi orang luar.

Kami kini sebahagian daripada dunia ini.

Dan sedikit demi sedikit... dunia ini mula membuka tabirnya yang sebenar.

X – Rahsia Kecil dan Persetujuan Baru

Pagi itu, untuk pertama kalinya dalam hidupku, aku bangun seawal pukul lima pagi. Bukan dengan rela hati, tapi kerana dikejutkan oleh Ain.

"Aida... bangun. Solat Subuh," bisiknya sambil menggoncang perlahan bahuku.

Aku menggeliat sedikit di bawah selimut. Mata masih terasa berat, tubuh masih separuh tenggelam dalam mimpi. Tapi Ain tetap sabar menunggu, tidak pergi selagi aku belum duduk tegak.

Aku sempat menjeling ke atas namun aku yang aku lihat cuma katil Tieya kosong. Dia sudah bangun, mungkin sedang mengambil wuduk. Devi masih lena, begitu juga Letcy, hanya mereka pelajar India di bilik kami bersama-sama tiga pelajar yang tidak menunaikan solat. Aku menarik nafas panjang dan bangkit perlahan-lahan dari katil.

Langit Subuh masih gelap ketika kami turun ke surau. Angin pagi menyapa dingin ke wajah, membuatkan rasa mengantukku tambah berat. Surau itu tidak seramai malam sebelumnya, hanya beberapa saf pelajar perempuan yang tersusun rapi di balik langsir putih.

Selepas solat, kami berjalan ke dewan makan untuk bersarapan. Nasi lemak pagi itu terasa hambar, aku tidak usik kerana aku bukan orang yang biasa makan seawal itu. Hari baru pun bermula.

Hari persekolahan berjalan seperti biasa. Di setiap kelas terdengar suara guru yang bertenaga, bunyi loceng yang menandakan waktu rehat dan akhir sesi. Tetapi yang memeningkan hari itu ialah satu tugasan Pendidikan Seni yang memerlukan aku menyiapkan kolaj menggunakan keratan gambar dan bentuk.

Dan untuk itu, aku perlukan gunting.

Masalahnya, gunting adalah barang larangan dalam bilik kami. Aku tak berani simpan dan tak tahu mahu pinjam dari siapa. Selepas habis sekolah semasa waktu prep petang, aku memberitahu Tieya perkara itu semasa kami duduk berdua di tepi rak buku.

"Tugasan seni aku... kena potong gambar. Tapi aku tak ada gunting."

Tieya melihat ke sekeliling sebelum berbisik, "Aku ada. Aku simpan paling dalam di bekas makanan. Tak pernah tunjuk kat sesiapa. Nak guna kejap?"

Aku mengangguk. "Tolonglah."

"Jumpa aku kat tandas sebelum Maghrib. Senang sikit. Nanti aku bawakan," katanya perlahan, seolah-olah menyusun rancangan rahsia.

Tepat seperti yang dijanjikan, kami bertemu di tandas di hujung blok. Tiada siapa yang perasan. Tieya menyerahkan gunting berwarna ungu dari poket baju kurungnya. "Cepat guna. Lepas tu pulangkan. Jangan bagi siapa-siapa nampak."

Aku berterima kasih berkali-kali dan menyembunyikan gunting itu dalam beg sekolahku. Walaupun nampak seperti misi besar, hanya soal gunting tetapi di dunia asrama yang penuh dengan peraturan, setiap benda kecil terasa seperti operasi sulit.

Petang itu selepas prep dan sebelum waktu makan malam, Ain dan Devi kembali dari kelas tambahan. Kami berkumpul semula di bilik E4, masing-masing bercerita tentang hari masing-masing.

"Eh, korang tahu tak?" Ain berkata dengan nada teruja. "Bilik E5 tu... sebenarnya tak dikunci tadi."

Aku dan Tieya menoleh serentak.

"Ustaz suruh senior ambil satu almari lama dari dalam bilik tu. Bilik E3 tak cukup almari. Jadi... sebenarnya bilik tu bukanlah bilik berhantu ke apa. Cuma simpan barang je."

Aku menghela nafas panjang. Rasa lega yang tidak ku sangka menyelubungi diri.

"Maksudnya... kita semua risau tak tentu pasal?" soal Tieya sambil tertawa kecil.

"Lebih kurang," balas Devi. "Tapi siapa tak takut tengok bilik berkunci lama-lama tanpa sebab."

Ain mengangguk, sebelum menukar topik dengan suara yang sedikit bersemangat.

"Dan sebab malam ni kita semua free... apa kata kita teruskan rancangan kita malam ni?"

Aku terdiam sekejap. "Spirit of a Coin?"

Ain mengangguk penuh harapan. "Ya. Malam ni sesuai. Dah tak ada kelas tambahan. Kita boleh main sebelum waktu prep malam."

Tieya kelihatan ragu sejenak tetapi akhirnya mengangguk. "Asalkan main dalam bilik. Jangan kat tempat terbuka."

Devi tidak membantah. Dia hanya bersuara perlahan, "Kalau korang semua okay, aku pun ikut."

Dan begitu saja, persetujuan terbentuk antara kami berempat.

Malam ini akan jadi malam pertama kami 'bermain' permainan yang bukan sekadar permainan biasa, tetapi sesuatu yang selama ini hanya ku dengar dari cerita orang. Kini, aku akan mengalaminya sendiri bersama tiga orang yang mula terasa seperti keluarga.

Aku melihat wajah mereka satu demi satu. Raut wajah Ain yang bersemangat seperti ketua kumpulan, Tieya yang pendiam tetapi setia, dan Devi yang misteri tetapi sentiasa ada.

Dan dalam hati, aku merasa... seronok.

Seronok kerana tidak lagi bersendirian.

Seronok kerana aku kini sudah ada rakan yang mampu berkongsi suka dan duka.

Seronok kerana hari-hari di asrama yang ku takutkan dahulu... kini mula terasa seperti rumah kedua.

XI – Akar Penyesalan

Petang itu seperti biasa kami berempat duduk di dewan makan menikmati juadah yang disediakan. Mee goreng dan air sirap menjadi pengisi perut sementara matahari beransur jatuh ke ufuk barat.

Namun, tumpuan kami bukan pada makanan.

Kami berbual perlahan, duduk agak ke hujung agar tidak mudah didengari oleh pelajar lain. Ain bersandar sedikit ke belakang, menyuap mee dengan sebelah tangan sambil berbisik perlahan.

"Okay... jadi kita teruskan malam ni lepas azan Maghrib. Tapi kita kena fikirkan alasan kenapa kita tak pergi surau."

Tieya mengangguk. "Sebab datang bulan?" soalnya, seakan ingin mendapatkan kepastian.

"Aku setuju," aku menyampuk. "Sebab tu alasan paling logik. Tiga orang datang bulan, yang lagi satu bukan Islam. Maka kita semua ada sebab untuk berada di bilik masa Maghrib."

Ain tersenyum kecil. "Bagus. Sekarang pasal tempat pula. Aku cadangkan kita buat kat bilik E5."

Aku dan Tieya berpandangan. "E5?" bisikku. "Berani ke?"

"Bilik tu tak berkunci sekarang," jawab Ain perlahan. "Senior dah ambil almari semalam. Lupa kunci kot atau Ustaz yang arahkan. Jadi... kalau kita nak main dengan privasi dan tak ada gangguan, situ lah tempat terbaik."

Devi, yang sejak tadi hanya mendengar, akhirnya bersuara perlahan. "Setuju. Lagi pun... sunyi sikit kat situ."

Selepas makan, kami kembali ke bilik dengan wajah tenang. Lakonan kami bermula. Aku, Ain dan Tieya mula 'berlakon' seperti sedang tidak sihat. Kami mengelak dari memakai telekung, sambil menyusun buku perlahan-lahan di atas katil. Devi pula, seperti biasa, hanya duduk diam.

Beberapa pelajar lain menoleh, tetapi tiada yang bertanya lebih-lebih. Malah, Kak Ayu dan Kak Linda hanya mengingatkan kami untuk bersiap ke bilik prep pukul lapan malam nanti.

Dan tepat azan Maghrib berkumandang, kami melaksanakan rancangan kami.

Satu demi satu, kami keluar senyap-senyap dari bilik E4, membawa apa yang perlu. Tieya berjalan paling depan, matanya bercahaya dengan keterujaan yang sukar disembunyikan. Aku perasan dia masih belum mandi kerana rambutnya masih kusut sedikit dan baju kurungnya belum diganti. Tapi jelas dia tidak peduli. Fokusnya hanya satu: permainan yang mungkin telah lama dinantikannya.

Kami melangkah ke bilik E5 yang sunyi. Pintu dibiarkan tidak berkunci sejak almari dibawa keluar semalam. Dengan cepat, Ain memulas tombol dan kami menyelinap masuk satu demi satu. Pintu ditutup rapat,rantai besi dimasukkan kembali tetapi tidak dikunci sebagai langkah keselamatan supaya tidak dicurigai sesiapa.

Bilik E5 terasa sangat berbeza daripada bilik kami. Walaupun saiznya serupa,katil dan almari disusun merapat ke dinding membuatkan suasana di dalamnya... aneh. Seolah-olah udara di situ lebih tebal. Lebih dingin, walaupun kipas tidak berputar. Cahaya dari luar menembus masuk samar-samar melalui celah tingkap, mewujudkan bayang-bayang kelabu di dinding.

Kami duduk bersila di tengah bilik, di atas lantai simen yang sedikit berdebu. Tieya mengeluarkan sehelai kertas yang sudah dilipat rapi dari dalam poket seluarnya. Di atas kertas itu, dia telah menulis semua abjad dari A hingga Z beserta nombor dalam susunan separuh bulatan. Di bahagian kiri dan kanannya tertulis besar: YES dan NO.

"Siap," katanya sambil membentangkan kertas itu perlahan-lahan.

Devi pula mengeluarkan syiling besar dari beg kecil di tangannya, syiling 20 dollar tahun 1906. Aku melihat angka tahun itu sekali lagi dengan perasaan bercampur baur. 1906. Entah kenapa, nombor itu terasa begitu berat seperti menyimpan sesuatu di balik logam itu.

Syiling itu besar dan sesuai untuk disentuh empat jari serentak. Kami meletakkannya perlahan di tengah-tengah kertas.

Ain menarik nafas panjang, suaranya serius kali ini. "Letakkan jari telunjuk korang atas syiling. Jangan tolak, jangan tekan."

Kami semua meletakkan jari. Empat jari telunjuk dari empat tangan, bersatu di atas permukaan syiling lama yang kini menjadi tumpuan.

Tidak ada bunyi lain dalam bilik itu selain nafas kami sendiri. Dunia luar terasa seperti lenyap digantikan dengan ruang ini yang kini seolah-olah menjadi tempat pemanggilan sesuatu yang kami sendiri tidak faham sepenuhnya.

"Siap?" tanya Ain perlahan.

Kami mengangguk serentak.

Dan bersama-sama, kami menyebut dengan nada perlahan tetapi penuh harapan dan ketegangan:

"Spirit of the coin... are you here with us?"

XII – Jawapan Yang Tidak Dijangka

Kami berempat duduk diam sambil jari telunjuk menyentuh syiling 1906 yang kini berada tepat di tengah kertas yang telah disusun huruf A hingga Z dan tanda "YES" serta "NO".

Hening.

Tiada satu pun pergerakan. Tidak dari kami, tidak dari syiling. Angin dari luar seakan tidak masuk, pintu masih tertutup dan udara dalam bilik itu terasa seperti beku. Aku menoleh ke arah Ain, melihatnya mengerutkan dahi. Beberapa detik berlalu dan syiling masih tidak bergerak walau sedikit.

"Ain," bisikku, "permulaan dia ni kena dalam Bahasa Malaysia ke? Atau macam mana?"

Belum sempat Ain menjawab, syiling di bawah jari kami mulai bergerak perlahan, sangat perlahan. Jari-jariku terasa seperti ditarik oleh tenaga yang halus tetapi kuat. Aku kaku.

Syiling itu meluncur ke arah bawah kertas.

Tepat ke arah **"NO."**

Degupan jantungku berhenti seketika.

Aku menoleh ke arah yang lain. Tieya membatu, matanya melekat pada syiling. Devi menarik nafas pendek. Ain pula bersuara perlahan, hampir berbisik, "Dia... dia jawab."

Kami menelan air liur.

Ain menukar nada, kini lebih tenang. "Siapa nama kau?"

Syiling tidak bergerak.

Ain ulang lagi, "Siapa nama kau? Kami bukan nak ganggu. Cuma nak tahu siapa."

Perlahan-lahan, syiling mula bergerak. Huruf demi huruf:

A – R – I – A.

Aku membaca perlahan dalam hati. Aria.

Tieya berbisik, "Itu... nama dia?"

Aku hanya mampu mengangguk. Ruang antara kami semakin sempit oleh bayang-bayang yang makin menekan dada. Rasa tidak selesa mula menguasai, namun kami masih duduk, seperti terpaku oleh keinginan untuk tahu lebih jauh.

"Aria," kata Ain, kini lebih berani. "Kau mati macam mana?"

Tiada jawapan.

"Aria, kau pelajar sini ke?"

Syiling bergerak lagi. Ke bulatan **Yes** .

Ain ketawa kecil seakan tidak percaya. "Ini mainan jari kita je ni... Tak real pun!"

Tiba-tiba, dia mendongak. Wajahnya berubah sambil matanya memandang ke atas dengan pandangan sedikit tajam, mulutnya bergerak tanpa suara, seperti berbisik sendiri.

"Aku cabar kau," katanya. "Kalau betul kau di sini... tunjukkan diri."

Tieya bersuara perlahan, tegang, "Ain... jangan."

Tapi sudah terlambat.

Tiada apa berlaku untuk beberapa saat. Semua membisu. Seakan masa berhenti.

Dan kemudian, Devi bangun secara tiba-tiba. Tanpa sepatah kata, dia berlari ke arah pintu dan keluar, langkahnya laju menuruni koridor gelap.

"Devi!" Ain memanggil dengan suara rendah. Dia seperti ingin menjerit tetapi menahan diri. "Devi... tunggu!"

Tiada sahutan.

Aku ingin berdiri juga, tetapi tubuhku membeku. Sesuatu mula terasa tidak kena. Dari sudut mata, aku melihat Tieya duduk kaku. Wajahnya pucat, matanya tidak berkedip sambil memandang ke satu arah dibelakangku.

Dan ketika aku perlahan-lahan berpaling...

Aku melihatnya.

Seseorang. Atau sesuatu.

Seorang perempuan berdiri di penjuru dinding bilik membelakangi kami. Bajunya yang lusuh dan koyak, berwarna putih kekelabuan oleh cahaya suram. Rambutnya kusut masai berwarna hitam pekat menjuntai ke bawah seperti helaian benang reput. Kaki kanannya bengkok di bahagian betis, posisi yang mustahil untuk berdiri. Tangan kirinya penuh darah, mengalir hingga ke hujung jari, menitik perlahan ke lantai.

Dia tidak bergerak.

Tidak berpaling.

Hanya berdiri menghadap dinding, senyap, namun kehadirannya begitu tebal hingga dadaku terasa sesak seolah-olah ditindih batu.

Aku terdiam. Tidak mampu bersuara. Nafasku tertahan. Mataku tidak berkelip.

Dia masih di situ.

Tak berganjak.

Tak bergerak.

Dan kemudian... dia mula mengangkat tangan berdarah itu ke dinding, jari-jarinya menggaris sesuatu perlahan di permukaan simen. Bunyi goresan yang kasar dan seram kedengaran seperti kuku menggores papan.

Aku menggigil. Tubuhku mahu menjerit tetapi mulutku terkunci. Dalam kepalaku hanya satu suara: keluar dari sini. Sekarang.

Ain yang tadi mengejar Devi tiba-tiba kembali mengejut. "Kita kena cari Devi!" katanya pantas dan terus meluru keluar, tidak menoleh kepada kami.

Aku yang masih terpegun akhirnya mengalihkan pandangan ke arah Tieya yang kelihatan seperti hampir pengsan, matanya masih terbuka luas tetapi wajahnya pucat lesi.

Aku menarik lengannya secara perlahan tetapi tegas.

"Tieya. Bangun. Sekarang. Kita keluar."

Dia tidak menjawab tetapi membiarkan aku menariknya. Tangannya sejuk seperti ais. Kaki kami melangkah tergesa-gesa ke arah pintu dan tanpa menoleh lagi ke belakang, aku membuka pintu itu perlahan dan menyeret kami berdua ke luar.

Sebelum pintu tertutup sepenuhnya di belakang kami...

...aku sempat melihat kelibat gadis itu mula berpaling perlahan ke arah kami.

XIII – Di Meja Belakang

Aku masih menggenggam lengan Tieya walaupun selepas menariknya keluar dari bilik E5, sejauh dan secepat mungkin. Nafasku tercungap-cungap. Tapi sebelum pintu benar-benar tertutup, aku menoleh sekali lagi ke arah dalam bilik.

Kosong.

Tiada siapa.

Tiada sosok perempuan dengan kaki patah dan tangan berdarah.

Tiada bunyi goresan dinding.

Tiada tanda kami dikejar sekalipun.

Seolah-olah... semua yang berlaku sebentar tadi cuma bayangan. Tapi peluh sejuk di dahiku, degupan jantungku yang belum reda, dan tangan Tieya yang masih beku dalam genggamanku memberitahu sebaliknya.

"Aida..." suara Tieya lemah. Dia seperti tidak mampu berdiri sendiri. Matanya kosong. "Apa... yang kita buat tadi..."

Aku tak sempat menjawab. Ain muncul dari arah tangga sambil berlari ke arah kami dengan nafas tercungap.

"Kita kena pergi bilik prep sekarang!" katanya segera. "Devi kat sana. Tadi aku nampak dia terus masuk dari tangga belakang. Dah pukul lapan lebih. Tak boleh ada siapa-siapa dalam bilik lagi waktu ni. Kalau senior nampak, habis kita."

Aku hanya mengangguk. Ain meluru masuk ke bilik kami dan mengambil buku-buku nota dan alat tulis yang memang telah kami sediakan sebagai 'cover' rancangan kami.

Dia keluar semula sambil menyerahkan buku-buku itu kepada aku dan Tieya.

"Pegang ni. Kita pergi prep. Cepat."

Kami bertiga bergerak pantas, turun ke tingkat bawah menuju ke bangunan akademik di mana bilik prep berada. Suasana di koridor luar lengang, hanya beberapa pelajar lain yang juga baru menuju ke ruang ulang kaji malam.

Sampai di bilik prep, cahaya putih dari lampu kalimantang memantul di atas lantai licin. Bau kertas, plastik fail dan dakwat pen bertaburan di udara. Suara-suara bisik pelajar lain menjadi latar belakang samar.

Dan di hujung bilik prep yang panjang itu, aku melihatnya.

Devi.

Dia duduk di meja terakhir, paling hujung, membelakangi dinding. Buku rujukan besar didirikan tegak menutupi bahagian mukanya seolah-olah sedang belajar. Tapi dari tempatku berdiri, aku dapat melihat sesuatu yang aneh.

Dahinya diletakkan ke permukaan meja.

Mulutnya bergerak-gerak.

Seolah-olah... dia sedang bercakap sendiri.

Aku, Ain dan Tieya bergerak perlahan ke arahnya. Langkah kami senyap. Hati aku berdetak kencang. Dalam kepala, aku terbayang wajah Devi sebelum dia melarikan diri tadi. Pucat, kosong, seperti telah hilang dari dunia nyata.

Ain yang paling hadapan. Dia duduk di sebelah kanan Devi sambil berbisik.

"Devi..." katanya lembut tapi tegas, "berlakon sikit. Tolong. Kalau ada orang perasan, kita semua habis."

Devi tidak menjawab.

Kepalanya masih tunduk, mukanya tersembunyi di sebalik lengannya. Mulutnya terus terkumat-kamit, seolah-olah membaca sesuatu tapi tiada suara yang keluar. Hanya gerakan bibir yang konsisten.

Ain menoleh ke arahku dan Tieya. Kami berdua berdiri kaku, tidak tahu hendak buat apa.

"Devi," kali ini suara Ain sedikit kuat. "Dengar sini. Tak kisah kau takut ke, kau menyesal ke... tapi sekarang bukan masa nak jadi macam ni. Berlakon seperti kau tengah baca buku atau buat kerja sekolah kelas kau"

Devi masih diam.

Mulutnya bergerak.

Kepalanya tidak terangkat walau seinci.

Ain mula hilang sabar. Dia berdiri dari kerusinya, membongkokkan tubuh ke arah Devi dan menepuk meja perlahan.

"Devi! Pandang aku. Jawab aku. Kita semua buat ni sama-sama. Jangan buat macam kau sorang je yang rasa apa-apa."

Akhirnya... Devi berhenti.

Bibirmya berhenti dari bergerak.

Tetapi dia masih tidak mengangkat wajah.

Ain bersuara perlahan, kini bernada penuh amarah yang ditahan.

"Aku tak nak sebab kau, kami semua kena tempias."

Kata-kata itu menggema dalam dadaku.

Ada sesuatu dalam intonasi Ain yang kedengaran lebih daripada sekadar takut dimarahi senior. Ia seperti satu ketakutan yang lebih dalam, satu penyesalan yang baru dia sedari, tapi tidak mahu akui.

Aku memandang Tieya di sisi yang hanya memandang ke arah meja Devi, matanya sayu.

Kami semua tahu permainan itu sudah melepasi sempadan suka-suka.

Ia bukan lagi permainan.

Dan di hujung meja itu, seorang rakan kami sedang menanggung sesuatu yang kami sendiri belum pasti... dari mana datangnya.

XIV – Pecah Kesunyian

Kritttt!!!

Bilik prep yang tadi sunyi, kini bertukar tegang.

Dalam sekelip mata, ketenangan yang kami cuba bina tadi hancur berkecai.

Bunyi "Kritttt!" kuat mengejutkan semua pelajar yang sedang tekun mengulangkaji. Beberapa orang menoleh. Aku dan Tieya terus memandang ke arah sumber bunyi, sebelah meja Devi.

Rupa-rupanya Ain sudah terdorong ke lantai setelah jatuh dari bangku. Meja di hadapannya bergerak kuat sehingga menolak beberapa buku pelajar lain.

"Jangan ganggu aku!" jerit Devi, matanya membulat, wajahnya merah, nafasnya turun naik. Suaranya tajam, bukan seperti suara Devi yang kami kenal.

Seluruh bilik prep terdiam.

Ain masih terkejut di tempat duduknya. Belum sempat dia bangun, sebuah buku kecil berwarna hitam melayang sengaja dibaling tepat ke arah kepala Ain.

"Kuk!"

Buku itu terkena kepalanya dan terjatuh ke lantai dengan bunyi lembut, semua mata di bilik prep sudah terpaku pada kami.

Termasuk... mata seorang pelajar senior yang ditugaskan menjaga bilik prep malam itu.

Senior itu meluru ke arah kami. "Apa yang berlaku ni?" suaranya tegas. "Kenapa jerit-jerit? Kenapa baling buku?"

Devi tidak menjawab.

Ain bangkit perlahan sambil menggosok kepalanya. "Tak ada apa..."

"Tak ada apa? Awak ditolak dan dibaling buku depan semua orang," balas senior itu, nadanya serius. "Kamu berdua ikut saya. Sekarang."

Devi tidak melawan. Ain hanya menunduk. Kedua-duanya berjalan perlahan keluar dari bilik prep sambil mengikuti langkah senior itu menuju ke pejabat warden. Nama Puan Rohayu terlintas dalam fikiran aku serta-merta. Warden utama blok kami. Mungkin disebabkan ketua warden, Ustaz Zulhadi masih berada di surau.

Aku dan Tieya tinggal berdua dalam bilik prep bersama pelajar yang lain.

Aku melihat sekeliling. Pelajar lain sudah kembali fokus ke buku masing-masing, tetapi jelas mereka hanya berpura-pura. Bisik-bisik halus mula kedengaran, mata-mata yang curi-curi melihat ke arah kami terasa seperti memaku bahu.

Aku tunduk dan berpura-pura membuka buku. Tetapi bila mataku menjeling ke sisi, aku melihat Tieya.

Dia tidak membaca.

Tidak menulis.

Tidak membuka buku pun.

Tieya hanya duduk kaku, memandang ke arah tingkap besar di sisi bilik prep yang menghadap kawasan blok asrama kami, lebih tepat lagi... kawasan ampaian.

Kulit wajahnya kelihatan lebih pucat dari biasa. Tangan di pangkuan menggenggam erat seperti cuba menahan sesuatu yang bergelora dalam diri. Nafasnya perlahan, tetapi jelas menahan tekanan.

Aku memanggil perlahan, "Tieya... okay?"

Dia tidak menjawab.

Matanya masih melekat ke luar tingkap. Pandangan itu kosong, tetapi seolah-olah fokus kepada sesuatu.

Aku ikut memandang ke arah ampaian.

Hanya warna oren samar-samar dari lampu tiang menyinari kawasan itu. Barisan tiang besi bertali yang tidak bergerak.

Tiada angin.

Tiada bunyi.

Tiada apa-apa yang luar biasa.

Namun, kenapa wajah Tieya seolah-olah sedang menatap sesuatu?

Aku memaling semula ke arahnya. "Tieya... kau nampak apa?"

Dia menggigit bibir perlahan seperti menahan kata-kata yang tak sanggup diluah. Tapi akhirnya dia bersuara secara perlahan dan bergetar.

"Aku rasa... dia tak pergi."

"Siapa?"

Tieya menggeleng. "Aku tak tahu... Tapi dia masih ada."

Jantungku terasa bergetar.

Aku tidak berani bertanya lebih. Mungkin kerana aku sendiri takut jawapannya.

Masa berlalu perlahan. Suasana bilik prep kembali senyap, tapi ada tekanan yang tidak terlihat menyesakkan dada. Aku cuba kembali membaca nota, tetapi setiap helaian terasa seperti kertas kosong, tiada kata yang masuk ke kepala.

Beberapa minit kemudian, pintu prep terbuka semula.

Ain dan Devi muncul.

Mereka berjalan masuk tanpa berkata apa-apa. Beberapa pelajar menoleh, tapi tiada siapa berani menyapa.

Devi terus menuju ke meja kami, mengambil bukunya dan berjalan ke arah meja lain. Lebih jauh dari kami. Dia duduk membelakangi kami, wajahnya tidak kelihatan, tetapi aku tahu dia belum kembali seperti biasa.

Sementara Ain pula... hanya mengambil tempat duduknya kembali. Dia membuka buku secara rambang, helaian demi helaian diselak tetapi tidak dibaca.

Wajahnya kosong.

Seperti ada perang di dalam dirinya.

Aku dan Tieya berpandangan, tetapi tiada kata yang terucap. Malam itu, walau pun tiada jeritan lain, tiada syiling yang bergerak, atau roh yang menjelma...

Aku tahu.

Permainan itu belum berakhir.
Dan kini, ia sudah mula meninggalkan kesan.

XV – Sendirian

Prep malam berakhir dengan bunyi loceng samar dari arah blok akademik.

Pelajar-pelajar mula bangkit perlahan dari kerusi masing-masing, ada yang menguap, ada yang masih sempat menyalin nota terakhir. Aku bangun juga, namun buat pertama kalinya sejak sampai di sekolah ini... aku keseorangan.

Tiada Devi yang biasanya berjalan di sebelahku. Tiada Ain yang membuat jenaka ringan. Dan Tieya... entah ke mana.

Selepas insiden di bilik prep tadi, Devi terus menjauhkan diri. Dia tidak lagi menyapa, tidak memandang, dan tidak mencari kami. Ain pula, selepas keluar dari prep, hanya masuk ke bilik dan terus membaringkan diri. Tidak bercakap sepatah pun. Kepenatan, mungkin... atau kecewa.

Yang paling aku risaukan ialah Tieya.

Selepas kami keluar dari prep tadi, dia langsung hilang. Aku cuba tunggu sebentar di bilik. Bila dia tidak muncul, aku keluar semula mencarinya sehingga ke tangga bawah, ke penapis air, ke tepi surau. Tiada kelibatnya.

Hingga akhirnya dengan hati yang semakin tidak tenteram, aku ke dewan makan seorang diri.

Dewan makan malam itu masih dipenuhi pelajar, tapi aku tidak rasa aku benar-benar berada di kalangan mereka. Aku hanya ambil semangkuk bubur panas dan duduk di satu sudut, meja paling hujung.

Sendirian.

Sambil menyudu bubur perlahan, fikiran aku hanyut.

Kenapa kami buat semua tu?

Kenapa aku ikut main?

Aku mula mempersoalkan segalanya. Waktu kami ketawa malam pertama, ketika syiling itu bergerak, ketika Ain menyebut nama "Aria", semuanya terasa seperti kenangan yang telah dirosakkan. Yang dahulu indah, kini menjadi beban yang menyesakkan dada.

Aku rindukan suasana seperti sebelum permainan itu. Suasana ketika kami masih berbual dan ketawa tanpa bayang ketakutan. Tapi sekarang, tiada siapa berbual. Tiada siapa memulakan bicara. Hanya diam. Dan senyap itu... menyakitkan.

Selesai makan, aku pulang semula ke blok E. Malam semakin larut. Lampu koridor sudah malap. Aku membuka pintu bilik dengan perlahan, tak mahu mengganggu mereka kalau mereka sedang tidur.

Dan memang mereka sudah tidur.

Aku melihat Devi yang baring di tilamnya membelakangi pintu bilik, tubuhnya tertutup selimut hingga ke kepala. Ain di katilnya, berbaring dengan tangan menyilang di dada, nafasnya perlahan dan stabil.

Mataku beralih ke atas... katilku.

Di sana, Tieya.

Dia tidur membelakangi aku, badannya mengecil dalam balutan selimut nipis. Tapi aku tahu itu dia kerana aku terdengar dengkuran halus yang biasa aku dengar sejak malam pertama.

Aku menarik nafas lega.

Akhirnya.

Aku tak mahu bangunkannya. Mungkin dia perlukan ruang. Mungkin kami semua perlukan ruang.

Aku mengemas buku-buku yang masih berselerak di birai katil antaranya buku sejarah, beberapa nota sains dan satu fail yang berisi kertas ujian kosong. Perlahan-lahan aku menyusunnya ke dalam beg sambil mengelakkan bunyi berlebihan.

Kemudian aku mengibas kecil di atas tilamku, menyusun selimutku di katil. Kerana apa yang penting bagiku masa itu, aku tidak mahu kejutkan Tieya.

Cukup untuk malam ini.

Aku baring perlahan. Tarik selimut hingga ke dagu. Aku pejamkan mata secara perlahan dan biarpun kepala masih berselirat dengan seribu satu soalan... aku akhirnya terlelap.

Namun, lena itu tak lama.

Satu rasa menekan dadaku, berat. Nafasku tersekat. Badanku terasa sukar digerakkan.

Aku cuba mengangkat tangan.

Gagal.

Seakan-akan... ada sesuatu di atas badanku.

Aku membuka mata. Ruang bilik gelap, hanya diterangi sedikit cahaya dari koridor luar melalui celah bawah pintu.

Tapi yang paling jelas...

Ada sesuatu menghimpit dadaku.

Bukan selimut. Bukan bantal.

Sesuatu yang... dingin.

Bernafas namun tak seperti manusia, nafasnya terdengar kasar dan seakan tersekat-sekat.

Aku tidak dapat melihat jelas, tapi aku tahu. Aku tahu ada sesuatu di atas tubuhku yang seakan memaku aku ke tilam sehingga tidak mampu bergerak.

Nafasku pendek. Jantungku berdegup begitu kuat hingga aku boleh mendengarnya di telinga sendiri.

Aku ingin menjerit, tapi suaraku terkunci.

Kemudian... aku dengar bunyi.

Bisikan.

Dekat dengan telingaku. Sangat dekat.

"...kau panggil aku... sekarang jangan tinggalkan..."

Bunyi itu... bukan suara Tieya.

Bukan Ain.

Bukan Devi.

Ia sesuatu yang lain.

Dan dalam detik itu, aku sedar bahawa ini bukan sekadar mimpi.

Ini balasan.

XVI – Yang Menghimpit

Aku masih tidak mampu bergerak.

Seluruh tubuhku kaku, seolah-olah dibelenggu. Nafas tersekat. Ada beban berat yang terus menghimpit dadaku, dingin dan sunyi. Aku cuba membuka mulut, menggerakkan lidah untuk menyebut apa-apa doa.

Tapi kepalaku... kosong.

Ayat-ayat yang selalu terngiang ketika ketakutan kini lenyap.

Bismillahirrahmanirrahim...

Tidak lepas. Tidak keluar.

Fikiran aku kacau, seperti dipusing dan dikepung oleh sesuatu yang bukan milikku. Jari-jariku menggigil, dan akhirnya, perlahan-lahan... mataku terasa berat. Sangat berat. Pandangan kabur... gelap... dan kemudian...

Kosong.

Aku terjaga apabila satu sentuhan dingin menyentuh dahiku.

"Eh, dia dah buka mata," suara lembut kedengaran.

Aku memandang kabur ke arah wajah itu. Wajah kakak senior, Kak Ayu. Wajahnya dekat dengan mukaku dan dia menyentuh dahiku sekali lagi.

"Tak demam pun. Bangun cepat. Nanti lambat perbarisan."

Aku bangkit perlahan, masih bingung.

Kak Ayu bangun dan keluar dari bilik, menutup pintu perlahan. Aku duduk termenung seketika, menatap siling. Nafasku masih pendek, dada masih berat.

Semalam... apa yang berlaku?

Bayangan malam tadi menyergap kembali terutama suara bisikan, tekanan di dada, dan perasaan tidak berdaya. Aku memegang dadaku sendiri.

Adakah aku cuma mimpi? Atau betul-betul ditindih sesuatu?

Aku ingin bertanya, ingin tahu, tapi masa tidak menyebelahiku. Jam di dinding menunjukkan hampir pukul 6:40 pagi menandakan waktu akhir bersiap sebelum loceng berkumpul.

Aku terus bangun, capai tuala dan peralatan mandi sambil melangkah ke tandas dengan kepala yang masih berselirat. Dalam hati, aku cuba menolak semua itu ke tepi.

Fokus. Perlu pergi sekolah dulu. Fikir kemudian.

Perbarisan pagi di dataran asrama berlangsung seperti biasa.

Suasana tenang, hanya suara warden memeriksa barisan dan sesekali menegur pelajar yang tidak memakai kasut bersih atau tidak menyeterika baju.

Mataku melilau.

Di sana.

Ain berdiri tegak di barisan hujung. Devi berdiri dua pelajar di hadapannya. Dan Tieya yang tenang, wajah kosong seakan tidak memikirkan apa-apa ada di sana juga.

Kesemua mereka hadir.

Aku menarik nafas perlahan. Walau tiada yang bercakap, kehadiran mereka memberi sedikit ketenangan di dada. Sekurang-kurangnya mereka... hidup. Ada.

Selepas perbarisan tamat, kami semua bergerak menuju ke sekolah. Aku berjalan bersama rakan kelasku, Ain di belakang dengan rakan kelasnya sendiri.

Namun, semasa rehat pagi, aku sedang membaca nota di meja apabila aku terdengar suara berbisik di belakangku.

"Aida."

Aku menoleh. Ain.

Dia memandang kiri kanan sebelum duduk di kerusi sebelah.

"Semalam..." katanya perlahan, "aku kena tindih."

Aku terkejut. "Apa?!"

Dia mengangguk, wajahnya serius. "Aku... tak boleh bergerak. Badan macam berat sangat. Aku cuba baca ayat kursi, tak lepas. Mulut terkunci. Tak tahu macam mana aku tertidur semula. Tapi aku ingat jelas. Rasa macam ada seseorang... berdiri dekat kepala katil aku."

Aku menggigil. "Aku pun. Aku pun kena tindih..."

Mata kami bertentangan. Ada kesepakatan yang tidak perlu dijelaskan.

Ini bukan kebetulan.

Ain merapatkan wajahnya sedikit ke arahku. "Aida... jangan risau. Aku akan cuba cari punca benda ni. Kita dah mula satu benda yang tak patut... dan sekarang kita kena tamatkan."

Aku hanya mampu mengangguk. Takut, ya. Tapi lebih daripada itu... aku ingin tahu.

Siapa?

Kenapa?

Apa yang sebenarnya berlaku?

Ain bangkit semula. "Kalau boleh... jangan kemana-mana malam ni. Jangan keluar bilik."

Kemudian dia melangkah pergi, kembali ke kelasnya. Tinggal aku yang termenung di bangku, dengan degupan jantung yang makin kencang.

Sekolah tamat lebih awal hari itu kerana guru besar ada mesyuarat bersama guru dan warden. Kami pulang ke asrama sekitar jam 1:10 petang.

Langit mendung sambil kelihatan bayang hujan berarak dari timur. Angin terasa lembap, petanda gerimis hampir turun.

Selepas tukar pakaian dan makan tengah hari di dewan makan, aku tidak terus naik ke bilik. Aku mula berjalan mengelilingi kawasan blok perempuan sambil mencari Tieya dan Devi.

Aku perlu tahu. Kalau aku dan Ain mengalami gangguan yang sama... adakah mereka juga?

Di tepi ampaian, kosong.

Di surau hanya beberapa pelajar sedang baring atau membaca al-Quran.

Di penapis air cuma sepi, hanya bunyi tetesan air.

Aku kembali ke tangga blok E, berdiri seketika sambil mata melilau ke sekeliling.

Di mana mereka?

Aku perlu tahu.

Aku tak boleh biarkan semua ini... berlaku dalam diam.

XVII – Dipanggil Ke Bilik Warden

Aku duduk di tepi katil sambil membuka buku latihan matematik, tapi mindaku jauh daripada angka dan formula. Hanya satu perkara yang bermain di kepala iaitu mencari Tieya dan Devi.

Selepas peristiwa semalam, aku tidak nampak mereka kecuali sepintas lalu ketika perbarisan. Sekarang, setelah balik sekolah dan mandi, aku tidak tahan lagi.

Aku menghampiri Hani, yang sedang menyusun pakaian dalam almari. "Hani... kau tahu tak Ain pergi mana?"

"Hari ni Ain dengan Devi dipanggil Ustaz," kata Hani, pelajar yang katilnya bersebelahan dengan Ain. "Pagi tadi lagi. Aku dengar dari Kak Ayu. Mungkin sebab gaduh kat bilik prep malam tu. Tapi habis sekolah tadi baru dipanggil ke pejabat warden"

Aku terdiam. Dipanggil ketua warden? Degup jantungku mula berbeza rentak.

"Tieya kau tahu ke mana?" aku pandang Hani dengan harapan.

Hani berfikir sejenak. "Tak pasti. Tapi kalau dia tak ada kat bilik ni... mungkin dia kat blok lain. Kadang ada kerja projek kumpulan, budak-budak akan buat kat bilik kawan mereka. Biasanya ikut kelas. Kalau kumpulan dia ada budak dari Blok A atau Blok B, mungkin dia di sana."

Aku hanya mengangguk. "Okay... terima kasih."

Aku tidak mahu tunjuk risau di hadapan mereka, walau dalam hati aku sudah bersimpang siur.

Aku ke surau seperti biasa. Zuhur berjemaah bersama pelajar lain, dan aku juga sempat qada Subuh yang tertinggal pagi tadi. Selesai solat, aku duduk seketika, memejamkan mata. Cuba tenang.

Tetapi hati tetap gelisah.

Selepas itu aku ke bilik untuk mengambil buku sekolah dan kemudian menuju ke bilik prep. Aku perlukan suasana senyap untuk menyiapkan kerja rumah. Tapi lebih daripada itu, aku perlukan ruang untuk melupakan seketika tekanan yang mendesak sejak malam permainan itu.

Namun ketenangan itu tidak lama.

Suara lantang dari pembesar suara tiba-tiba berkumandang ke seluruh blok.

"Perhatian kepada pelajar... Nurul Aida binti Roslan dari kelas 4PKEE2, sila ke pejabat warden sekarang."

Degupan jantungku terhenti seketika.

Nama penuhku disebut. Lengkap dengan kelas. Ditambah lagi dengan kelas. Tiada ruang untuk salah orang.

Beberapa pelajar berpaling ke arahku sambil kelihatan mula berbisik perlahan.

Aku kaku di tempat duduk sambil merasakan jari-jariku yang memegang pen mula longgar.

Adakah ini tentang... permainan itu?

Aku menutup buku latihan, memasukkannya semula ke dalam beg bersama-sama alat tulis yang belum sempat digunakan. Tangan aku bergetar sedikit. Jari-jariku menggenggam erat zip beg.

Siapa yang buka mulut? Ain? Devi?

Atau... adakah warden memang dah tahu dari awal lagi?

Aku tinggalkan bilik prep dan naik ke bilik. Aku simpan semua buku ke dalam laci. Menyusun meja kemas, seolah-olah satu ritual untuk menenangkan hati.

Kemudian aku turun, satu langkah demi satu, menuju ke pejabat warden yang terletak di sebelah surau.

Angin petang berhembus lembut, tetapi bagi aku ia hanya menambahkan rasa tidak tentu arah.

Setibanya di luar pejabat warden, aku menoleh melalui cermin kecil di pintu.

Dan di situ... aku melihatnya.

Ain dan Devi.

Mereka duduk di dalam bilik ketua warden kami, Ustaz Zulhadi. Suaranya kedengaran marah, walaupun aku tak dapat menangkap butirannya. Wajah Ain tunduk manakala Devi duduk membatu.

Aku menelan air liur.

Ini betul-betul berlaku.

Seorang kakitangan pejabat perasan kehadiranku dan membuka pintu kecil ke ruang menunggu.

"Nurul Aida?" soalnya.

Aku angguk.

"Ustazah Aina panggil. Masuk bilik hujung sana."

Aku angkat kaki, perlahan-lahan menapak ke arah pintu berwarna biru muda dengan plak nama "Ustazah Aina binti Salleh – Guru Kaunseling / Warden Asrama."

Pintu itu terasa lebih berat dari biasa. Dengan satu nafas panjang, aku ketuk tiga kali dan dari dalam, suara lembut menyahut.

"Masuk."

Aku buka pintu.

Dan segala ketenangan yang aku cuba bina... mulai terasa runtuh.

XVIII – Misteri Kehilangan Tieya

Pintu kayu berwarna biru muda itu tertutup perlahan di belakangku. Pejabat warden petang itu sunyi, yang kedengaran hanya dentingan kipas siling yang berputar malas.

"Duduk, Aida," kata suara lembut dari hadapan.

Ustazah Aina.

Aku hanya menurut. Duduk di atas kerusi plastik berhadapan mejanya. Nafasku masih belum stabil, dada terasa sesak memikirkan pelbagai kemungkinan.

Wajah Ustazah Aina tenang, tapi matanya memerhati tajam. Seolah-olah cuba membaca fikiranku tanpa perlu aku bersuara.

"Ustazah nak tanya satu soalan penting," katanya perlahan.

Aku angguk.

"Awak tahu tak di mana Siti Attieya sekarang?"

Soalan itu seperti hentakan yang menyentak seluruh sarafku. Aku berkerut, sedikit terkejut. "Tieya? Maksud Ustazah, sekarang? Saya... saya tak tahu."

Ustazah Aina menyilangkan tangan di atas meja. "Sejak tengah hari tadi sampai sekarang pihak sekolah dan warden sedang mencari dia. Dia tak hadir ke kelas. Tak ada dalam rekod daftar masuk sekolah dan... tak ada juga dalam senarai pelajar yang ke klinik. Rekod kehadiran menunjukkan dia ada semasa perbarisan pagi tapi tak sampai ke sekolah."

Jantungku berdegup laju.

"Tak mungkin," bisikku perlahan. "Saya... saya nampak dia masa perbarisan pagi tadi. Kami semua baris sama-sama."

"Ya, betul. Tapi selepas itu, dia tak muncul. Kalau pelajar sakit, mereka biasanya akan lapor ke pejabat warden untuk dibawa ke klinik. Tapi nama Tieya... tak ada dalam senarai hari ni."

Aku terpinga. Mulutku terbuka sedikit. "Saya tak tahu, Ustazah. Tadi pun saya cari dia di sekolah... dia tak ada. Baru sekejap tadi Hani cakap mungkin dia ada buat kerja kumpulan kat blok lain, jadi saya tak syak apa-apa."

"Kerja kumpulan?"

"Ya. Di asrama, kadang-kadang pelajar dari kelas sama buat projek kumpulan kat bilik lain. Saya fikir mungkin dia buat macam tu. Itu pun... cuma andaian."

Ustazah Aina diam. Kemudian, dia membuka sebuah fail dan menyelak helaian.

"Awak kawan sebilik dengan dia, katil bawah katil dia. Cuba awak cerita balik... bila kali terakhir awak nampak dia secara jelas?"

Aku tarik nafas panjang. Aku tahu aku tak boleh sembunyikan semuanya.

"Waktu malam tadi... kami sama-sama ke prep," jawabku. "Lepas tu saya balik ke bilik, dan nampak dia tidur di katil atas. Dia tidur atas... macam biasa. Saya dengar dia berdengkur perlahan. Lepas tu, saya tidur..."

Aku terhenti sejenak. Wajah Ustazah Aina sedikit berubah.

"Sampai pagi, masa saya bangun, dia dah tak ada. Saya nampak dia semasa perbarisan. Lepas tu... saya tak jumpa dia lagi."

Ustazah Aina menunduk sedikit, mencatat sesuatu.

"Kamu ke mana waktu Maghrib semalam?"

Aku terdiam.

Detik itu terasa begitu panjang. Dada aku berdegup kencang. Otak ligat mencari alasan, jawapan yang tidak mengundang syak.

"Waktu Maghrib... saya tak ke surau," jawabku perlahan.

"Kenapa?"

Aku menunduk, "Datang bulan."

"Dengan siapa awak waktu tu?"

Aku menelan liur. "Ain. Devi. Kami sama-sama... ke prep selepas lapan malam, ikut waktu."

Ustazah Aina memandang lama, seakan cuba mengesan kegugupan. Tapi aku hanya tunduk, menahan getaran dalam nada suaraku.

Beberapa saat kemudian, dia menutup fail di hadapannya.

"Baiklah, Aida. Buat masa ni, awak boleh balik ke bilik. Tapi kalau awak dengar apa-apa tentang Tieya... atau kalau awak teringat sesuatu yang mungkin penting, awak terus datang ke sini. Faham?"

Aku hanya mengangguk.

Dan dengan itu, aku bangkit perlahan, membuka pintu dan melangkah keluar dari pejabat warden.

Udara petang terasa hangat. Matahari mula condong ke barat memancarkan cahayanya yang menguning. Langkahku lesu menyusuri laluan konkrit di antara bangunan pentadbiran dan surau.

Dan ketika itu... mataku menangkap sesuatu.

Sebuah kereta merah.

Diletakkan betul-betul di hadapan surau. Enjin tidak dihidupkan, tetapi cermin depan jelas menunjukkan seisi keluarga duduk di dalamnya. Keluarga India. Si ibu di tempat duduk hadapan, bapa di tempat pemandu dan seorang kanak-kanak perempuan di belakang.

Wajah mereka kelihatan tenang... menunggu.

Mungkin ada pelajar baru yang nak daftar asrama? fikirku. Tapi hari itu hari Rabu, bukan hari biasa untuk pendaftaran.

Perlahan-lahan aku meneruskan langkah. Aku tidak mahu terlalu lama menoleh ke arah kereta itu tetapi ada sesuatu mengenainya yang mengusik rasa ingin tahu.

Aku berjalan ke arah mesin penapis air di bawah blok E, tanganku menggigil kecil, bukan kerana cuaca, tetapi kerana segala soal jawab tadi mengeringkan seluruh tubuhku.

Aku mengisi air ke dalam botol, tapi mindaku berputar.

Ke mana Tieya pergi?

Kenapa dia 'hilang' selepas perbarisan tadi?

Adakah kami yang menyebabkan ini semua?

Soalan-soalan itu menjerit dalam kepala, tapi tiada satu pun yang mempunyai jawapan.

Dan petang itu, walaupun matahari masih ada, rasa gelap sudah mula menyelinap perlahan ke dalam hari-hariku di asrama.

XIX – Satu demi Satu Hilang

Aku duduk di meja batu di bawah blok E, tepat di sebelah ampaian. Botol air di tanganku masih sejuk, dan aku meneguknya perlahan sambil memerhatikan langit petang yang mulai muram. Suasana asrama tenang seperti biasa, tetapi dalam benakku, ribut masih belum berhenti.

Aku masih tertanya-tanya akan apa yang berlaku di bilik warden tadi, mengenai kehilangan Tieya dan segala kemungkinan yang masih belum ada jawapan.

Saat aku menunduk meletakkan botol air ke atas meja, kelibat seseorang menarik perhatianku.

Devi.

Dia turun dari tangga blok dengan wajah ketakutan, langkahnya tergesa. Di tangannya bukan sahaja beg sekolah, tetapi juga beg pakaian.

Langkahnya lurus menuju ke arah kereta merah yang aku perhatikan sebentar tadi. Ternyata, kereta itu milik keluarganya.

"Devi!" aku menjerit dari jauh.

Tapi dia tidak berpaling.

Ayahnya membuka pintu belakang dan berkata sesuatu dengan nada keras dalam bahasa ibundanya. Aku tidak faham maksudnya, tetapi dari riak wajah dan nada suara... jelas, marah. Sangat marah.

Devi hanya tunduk, tidak menjawab. Dia masuk ke dalam kereta, dan pintu tertutup dengan satu bunyi hentakan perlahan.

Aku berdiri terpaku. Botol air masih dalam genggamanku, tapi aku tidak lagi merasa haus.

Kenapa Devi balik? Kenapa tanpa kata apa-apa?

Apa yang berlaku sebenarnya?

Aku berlari menaiki tangga blok, dua anak tangga sekali gus untuk menuju ke bilik. Pintu bilik E4 terbuka sedikit, aku menjenguk ke dalam.

Kosong.

Hanya beberapa pelajar sedang menyiapkan tugasan atau tidur siang.

Aku mencari Ain.

Tiada.

Panik mula merayap perlahan. Aku turun semula menuju ke bilik prep namun bilik itu kosong. Aku ke dewan makan namun tiada juga. Aku berjalan ke surau, kelihatan hanya pelajar tingkatan lima sedang menghafaz di penjuru.

Di padang sekolah yang terletak bersebelahan surau... aku nampak satu sosok sedang duduk di atas bangku kayu, membelakangi jalan. Rambutnya diikat, baju sekolahnya sedikit berkedut, seperti baru bangun tidur atau terlalu lama termenung.

Ain.

Aku berjalan perlahan mendekatinya, lalu duduk di sebelah tanpa banyak bicara. Angin petang bertiup lembut, dan bunyi daun berdesir menjadi latar kami.

"Aku nampak Devi tadi," kataku perlahan.

Ain hanya mengangguk.

"Dia balik. Ayah dia marah. Tak jawab pun panggilan aku," aku sambung. Suara aku perlahan, tenggelam dalam kekecewaan yang belum sempat disusun menjadi kata-kata penuh.

Ain menarik nafas panjang. "Ya. Dia kena gantung tiga hari."

Aku menoleh. "Apa?! Kenapa?"

Ain masih memandang ke depan. "Masa dalam bilik Ustaz... kami ditanya punca pergaduhan di bilik prep. Ustaz tanya banyak kali. Aku cuma jawab aku tak tahu. Devi pula... dia langsung tak buka mulut."

Aku mendengar dengan teliti, cuba memahami.

"Ustaz kata... kalau kami tak mahu berterus terang, dia terpaksa buat keputusan berdasarkan apa yang berlaku di depan saksi. Disebabkan Devi yang tolak aku, Devi yang baling buku, Ustaz anggap itu serangan sepihak."

Aku terdiam.

"Jadi... Devi digantung asrama?"

Ain mengangguk perlahan. "Tiga hari gantung asrama. Kena balik rumah. Katanya itu amaran sebab ini kali pertama."

Aku menghembus nafas, sukar menerima kenyataan. "Tapi kita semua tahu... puncanya bukan semudah itu."

Ain hanya mengangguk sekali lagi. Diamnya mengesahkan apa yang kami berdua fikir, kami semua puncanya. Tapi dalam diam itu juga, aku tahu dia sedang menyalahkan dirinya. Sama seperti aku.

Dia akhirnya berpaling memandangku, matanya sedikit redup. "Tapi kenapa... kau pula dipanggil?"

Soalannya itu membuatkan aku senyap seketika.

Aku melihat ke tanah, tangan aku meramas hujung kain baju sekolahku.

"Sebab Tieya," jawabku perlahan.

Ain berkerut. "Tieya?"

Aku mengangguk. "Dia... hilang."

"Hil-"

"Senyap-senyap. Ustazah Aina kata, dia tak pergi sekolah, tak lapor sakit, tapi masa perbarisan pagi tadi... dia ada. Lepas tu, terus hilang dari rekod. Sekarang semua orang tengah cari dia."

Ain kelihatan benar-benar terganggu. Wajahnya berubah serta-merta.

"Dia... tidur kat katil dia semalam, kan?"

"Ya. Tapi pagi-pagi, dia dah tak ada. Aku pun sangka dia ke sekolah."

Kami sama-sama termenung. Tidak tahu apa yang lebih menakutkan antara Devi yang dihukum, Tieya yang hilang atau segala apa yang kami alami sejak malam permainan itu.

Padang sekolah di hadapan kami sunyi tapi perasaan kami tidak pernah sepi seperti ini.

XX – Kosongnya Ruang Tieya

Langit sudah mulai kelam ketika aku dan Ain berjalan perlahan menuju ke blok E.

Hembusan angin petang menyentuh wajah namun perasaan dalam dada kami lebih dingin dari udara sekitar. Tiada kata yang terucap antara kami. Yang ada hanyalah bunyi langkah kaki, satu demi satu di atas lantai simen yang mula basah oleh embun senja.

Setibanya di bilik E4, kami terhenti di muka pintu.

Tiga orang senior termasuk Kak Ayu sedang membuka almari Tieya. Ustazah Aina sedang berdiri di sisi mereka, warden wanita yang menyoalku di pejabat tadi. Wajahnya serius, kedua-dua tangannya disilang di dada.

Tieya punya almari kini terbuka luas. Baju-baju sekolah yang tergantung dileraikan satu persatu, dilipat dan diperiksa. Buku-buku teks diteliti satu demi satu. Kotak kecil di hujung rak diselongkar dan dilihat isinya. Namun semuanya... kelihatan biasa.

Tiada nota. Tiada petunjuk. Tiada apa-apa yang mencurigakan.

Seorang daripada senior menggeleng. "Tak ada apa-apa, ustazah."

Ustazah Aina menarik nafas pendek. "Kemaskan semula. Jangan ubah susunan asal. Kita tak mahu cetus panik."

Senior-senior itu patuh. Mereka mula menyusun semula pakaian dan barang Tieya ke tempat asal.

Kemudian, ustazah berpaling ke arah kami semua.

"Perhatian," katanya, suara jelas dan tegas. "Kalau ada sesiapa di antara kamu yang tahu apa-apa mengenai keberadaan Tieya, tolong tampil ke hadapan. Sekarang... atau boleh terus ke pejabat warden bila-bila masa. Kita tidak akan menghukum. Kita hanya mahu selesaikan perkara ini dengan segera."

Tiada siapa bersuara.

Hanya pandangan yang saling berpaling antara satu sama lain, masing-masing menunggu orang lain melakukan sesuatu.

Aku tunduk, menahan gejolak rasa bersalah dan kebingungan yang semakin menyesakkan dada.

Selepas beberapa saat, ustazah mengangguk perlahan dan beredar. Senior-senior turut meninggalkan bilik satu demi satu.

"Jom," kata Ain perlahan padaku. "Kita mandi. Nak siap solat Maghrib."

Aku mengangguk dan mengikut langkahnya keluar dari bilik.

Di bilik mandi blok, kami masuk ke bilik mandi bersebelahan. Suara air pancuran mengalir, memenuhi ruang, sedikit menyamarkan perbualan kami.

"Ain..." panggilku perlahan sambil menyabun muka. "Kau rasa... Tieya memang hilang ke? Atau dia sembunyi?"

Beberapa saat senyap. Kemudian Ain menjawab dari bilik sebelah, suaranya tenggelam dalam bunyi air.

"Aku tak tahu. Tapi kalau dia lari... kenapa? Kalau dia disembunyikan... siapa yang buat?"

Aku mengelap muka. "Aku tak nampak petanda dia nak pergi pun. Malam tu dia tidur atas katil aku. Aku dengar dengkuran dia masa itu."

"Dan pagi tu, dia muncul dalam barisan," Ain menyambung. "Lepas tu... hilang."

"Aku rasa... benda ni ada kaitan dengan malam permainan tu," aku luahkan juga akhirnya.

Ain tidak membalas segera. Suara pancuran air terus mengalir. Kemudian, dia berkata perlahan, "Mungkin. Tapi tak ada bukti kukuh. Dan sekarang Devi pun dah tak ada. Kita tinggal berdua."

Aku tidak menjawab. Kata-katanya menggetarkan sesuatu dalam dadaku. Realiti itu pahit: kami tidak lagi berempat.

Selesai mandi, kami bersiap-siap. Telekung dilipat kemas, sejadah digulung, dan kami turun ke surau bersama. Angin malam kini lebih tajam menusuk kulit, atau mungkin hanya perasaan kami yang semakin sensitif terhadap apa-apa saja.

Ketika sampai di tangga surau, kami terlihat sebuah kereta Mercedes hitam berhenti di hadapan pejabat warden.

Ustaz Zulhadi, Ustazah Aina, dan seorang lagi guru disiplin kelihatan masuk ke dalam kereta itu yang dipandu sendiri oleh Tuan Pengetua.

Mereka bergerak perlahan keluar dari pagar utama sekolah.

Aku dan Ain hanya berdiri seketika memerhati. Kami tidak tahu ke mana mereka pergi, mesyuarat? Hospital? Rumah pelajar? Mungkin apa-apa saja.

Tapi suasana itu, pergerakan guru-guru utama dalam kereta rasmi membuatkan jantungku berdetak laju. Keadaan ini bukan lagi sekadar salah faham. Bukan lagi main-main.

Kami masuk ke dalam surau.

Langsir putih masih tergantung, ruang wuduk masih basah dan suara azan Maghrib baru saja habis berkumandang.

Kami bersolat seperti biasa. Gerakan demi gerakan dilakukan dengan tenang. Tapi hati kami berdua... tidak mampu tenang seperti tubuh.

Selepas Maghrib, kami duduk sebentar sambil membaca zikir, kemudian bersiap untuk Isya'.

Namun sepanjang malam itu, satu hal paling jelas terasa:

Tiada lagi Devi di sebelah bilik. Tiada lagi Tieya di sebelah kami.

Ruang mereka kosong.

Dan kekosongan itu bukan sekadar fizikal.

Ia menyelimuti hati kami berdua.

XXI – Siapa Aria

Khamis, 10 Januari 2002.

Hari keempat sejak malam permainan itu. Aku bangun seperti biasa kemudian bersiap untuk ke sekolah sebelum menyarung pakaian seragam dengan perasaan yang masih berat. Tieya belum muncul. Devi masih belum kembali ke asrama. Ain dan aku... masih bergantung antara satu sama lain dalam suasana yang kini terasa benar-benar kosong.

Selepas siap, aku beratur bersama pelajar lain di dataran perbarisan. Matahari pagi menyimbah cahaya hangat, tapi udara terasa berat, seperti langit tahu sesuatu sedang berlaku.

Dari jauh, aku lihat kereta Mercedes hitam yang sama seperti semalam. Di hadapannya berdiri Ustaz Zulhadi, Ustazah Aina, dan Tuan Pengetua. Mereka sedang bersiap masuk ke dalam kereta.

Namun, yang paling menarik perhatianku adalah di tangan Ustaz terdapat beberapa fail berwarna kuning yang kemas diselit di bawah lengan.

Fail itu bukan seperti fail pelajar biasa. Ia tebal, ditanda dengan pelekat merah. Mungkin fail kes disiplin? Atau laporan pelajar? Atau... sesuatu yang lebih dari itu?

Fikirku, mungkin mereka menuju ke mesyuarat luar sekolah. Atau mungkin... sesuatu yang lebih penting.

Dalam perjalanan ke sekolah, ketika pelajar berjalan berkumpulan kecil ke blok akademik, Ain datang menghampiriku.

"Aida," bisiknya, "rehat nanti ikut aku. Kita pergi jumpa Devi kat kelas dia."

Aku menoleh, agak terkejut. "Jumpa Devi? Bukan ke dia kena gantung?"

"Gantung asrama je. Bukan sekolah. Dia masih kena hadir kelas."

"Oh..." aku menganggguk perlahan. "Okay. Jom."

Tepat waktu rehat, kami menuju ke kelas 4PKEE5 , kelas Devi, di tingkat dua. Laluan ke kelasnya sedikit lengang kerana pelajar mula beratur membeli makanan.

Dari luar kelas, aku melihat Devi sedang duduk di mejanya, tunduk sambil menulis sesuatu. Wajahnya tidak seperti sebelum ini, dia masih kelihatan pucat tetapi tidak lagi murung seperti hari dia dibawa balik oleh keluarganya.

Bila dia mengangkat kepala dan melihat kami, matanya membulat.

"Devi," sapa Ain perlahan, tersenyum nipis.

Devi bangkit, menghampiri kami di pintu kelas. Kami bertiga berdiri di luar, berhampiran koridor. Aku sendiri diam kerana tidak tahu mahu berkata apa tetapi Devi yang membuka mulut terlebih dahulu.

"Maaf..." katanya. "Pasal malam tu... kat bilik prep. Aku... tak tahu apa yang jadi. Tiba-tiba aku rasa marah. Sangat marah. Macam... bukan aku."

Aku memandang Ain. Dia hanya diam.

"Sungguh," Devi sambung. "Aku tak pernah rasa marah macam tu. Bila sedar, aku dah baling buku. Dah kena marah. Dah kena gantung."

Ain akhirnya bersuara. "Kami tak salahkan kau. Semua ni... pelik. Aku pun rasa benda tu... lebih dari sekadar emosi."

Kami bertiga terdiam sebentar. Masing-masing mengimbau malam itu.

Namun suasana yang tegang berubah apabila Devi mengeluarkan sebuah buku kecil berwarna hitam dari begnya.

"Ain," katanya perlahan, "ni buku kau, kan?"

Ain mengambilnya. "Ni? Mana kau jumpa?"

"Malam tu kakak senior tu suruh aku kemas balik meja dan kutip buku yang aku lempar dekat kau malam tu, buku kau yang atas meja malam tu"

Ain menyelak perlahan buku itu. Kulit luarnya lusuh. Ada kesan kotoran di bahagian penjuru dan bekas air di hujung. Ia nampak seperti telah lama tidak disentuh.

"Ni bukan buku aku," kata Ain, perlahan. "Aku tak pernah beli buku macam ni."

Aku turut melihat. "Tapi kalau bukan buku Devi, bukan juga kau... siapa punya?"

Devi mengangkat bahu.

"Buka," bisikku.

Ain membuka ke muka surat pertama.

Tulisan tangan halus memenuhi ruang atas. Dan di baris pertama...

"Diariku – Nurul Ariana Binti Razak, Kelas 5PKEE1, Blok E5."

Kami bertiga membatu.

Nama itu, Aria...nama yang bergetar dalam dadaku seperti gema yang datang dari tempat gelap dan jauh. Aria... nama yang muncul malam pertama semasa permainan Spirit of a Coin. Nama yang disusun oleh syiling lama itu di atas kertas.

Blok E5.

Bilik larangan yang kami ceroboh malam itu.

Ain menatapku, mata membulat. Devi terdiam, tubuhnya sedikit bergoyang.

Kami bertiga memandang satu sama lain.

Wajah kami bertiga pucat. Nafas aku terasa tersekat.

Ini bukan kebetulan.

Dan pada hari Khamis itu, di koridor sekolah yang hangat dan sibuk dengan suara pelajar lain, tiga orang pelajar perempuan mula menyedari bahawa permainan yang disangka telah berakhir...

baru sahaja bermula.

XXII – Darah di Hujung Jari

Aku dan Ain berjalan pulang ke asrama selepas sekolah seperti biasa, namun perkara biasa sudah lama hilang dari hidup kami. Di tangan Ain tergenggam erat buku hitam yang kami temui pagi tadi, buku yang tertulis nama Nurul Aria Binti Razak, dari kelas 5PKEE1, Blok E5.

Sejak itu, Ain seperti tidak mahu melepaskannya.

Di dewan makan semasa makan tengah hari, aku melihat dia membiarkan nasi sejuk begitu sahaja, matanya terpaku pada helaian buku itu. Di prep, dia duduk di meja belakang, membaca secara senyap sehinggakan tidak menyentuh kerja sekolahnya. Malah di dalam bilik sekalipun, ketika semua pelajar lain sedang bersiap atau berbual, Ain hanya duduk bersila di hujung katil sambil membaca.

Setiap muka surat seperti mempesonakannya.

Aku perasan Ain juga menggunakan telefon awam di hadapan blok B, yang biasanya jarang disentuh kecuali pelajar yang rindukan rumah. Aku hanya melihat dari jauh, tidak mahu mengganggu.

Barangkali dia hubungi Devi, atau keluarganya. Atau mungkin... sesuatu yang lain.

Petang itu, sebelum Maghrib, aku berada di beranda surau apabila sebuah kereta berwarna biru kelabu berhenti di hadapan pagar sekolah. Bentuk dan modelnya terlalu biasa untuk aku lupakan.

Kereta keluarga Tieya.

Aku masih ingat betul sewaktu Tieya sampai hari pertama, aku yakin kereta itu kereta yang sama. Modelnya yang sama. Warnanya yang sama. Malah nombor platnya yang kebetulan juga hampir sama dengan kereta papa, hanya dua digit disusun berbeza: 1208 – 1802.

Kenapa keluarga dia datang sekarang?

Selesai azan Maghrib, semua pelajar diminta berkumpul di surau. Malam ini malam Jumaat dan kami akan membacakan Yassin secara berjemaah. Aku duduk di saf kedua, Ain di sebelahku. Tetapi dia tidak membawa buku Yassin dan hanya diam termenung sepanjang bacaan.

Selesai bacaan, Ustaz Zulhadi masuk bersama satu kotak besar berisi botol kosong, yang diisikan dengan air Yassin sebentar tadi. Dengan penuh tertib, dua botol diserahkan kepada keluarga Tieya yang duduk di luar surau.

Aku yang sedang mengemas sejadah masih memandang ke arah itu dengan hati yang merasa tidak tenang.

Dan ketika aku berpaling ke arah koridor...

Jeritan.

Satu jeritan kuat, dari arah tingkat dua iaitu arah bilik kami.

Suasana berubah dalam sekelip mata. Ustazah Aina bangkit, diiringi Ustaz Zulhadi. Kak Ayu yang berada berhampiran surau, berlari paling awal, dan aku mengekorinya tanpa berfikir panjang.

Tangga terasa sempit. Nafasku sesak bukan kerana penat, tapi kerana takut. Dan saat aku menjejak kaki ke dalam bilik E4...

Aku membeku.

Tieya.

Dia ada di sana.

Tetapi bukan seperti sebelum ini.

Tieya duduk mencangkung di penjuru belakang bilik kami, bajunya koyak di bahu, rambutnya kusut dan menutup separuh wajah. Matanya liar sambil memandang kiri kanan seperti binatang buruan. Suara jeritannya nyaring, dan tubuhnya menggeletar.

Dua kakak senior memegang tangannya dari kiri dan kanan untuk cuba menenangkannya. Tetapi Tieya tiba-tiba meronta, seperti kanak-kanak mengamuk, lalu menepis dan menolak kedua-duanya sekuat hati.

Salah seorang kakak senior terhumban ke almari, menghempap laci dan terjatuh dengan bunyi dentuman.

Tieya ketawa. Suara tawanya tinggi dan tidak masuk akal, menyeramkan dan menyakitkan telinga. Dia kemudian memusing tubuh, mula merangkak ke arah dinding sambil menyebut sesuatu yang tidak jelas.

Ustazah Aina masuk, diikuti Kak Seri dari bilik E6. Mereka dengan cepat mengambil tempat memegang tangan kiri dan kanan Tieya.

"Astagfirullah..." desis ustazah, wajahnya tegang. "Baca apa yang kamu hafal. Jangan diam!"

Aku terdengar beberapa pelajar lain membaca perlahan dari luar bilik. Tapi kami yang berada di dalam bilik waktu itu disuruh tidak menghampiri, hanya memerhati dari situ.

Tieya menggeliat, tangannya bergerak liar tapi terkunci dalam genggaman ustazah dan Kak Seri. Tiba-tiba dia menangis, lalu bersuara tetapi suara yang kami dengari bukan suara Tieya.

"Kenapa kacau tempat aku...? Kenapa ambil syiling aku...?"

Suaranya garau, seperti perempuan tua yang dalam kesakitan.

Ain yang berdiri di belakangku mula menggenggam pergelangan tanganku.

"Dia... maksudkan... permainan tu."

Aku tidak dapat menjawab. Mataku melekat pada sosok Tieya.

Dalam sekelip mata, Tieya menjerit dan meludah ke arah ustazah dan Kak Seri. Kedua-duanya hanya merenjis wajah dengan air mineral yang mereka bawa.

Ustaz Zulhadi yang baru sampai waktu itu segera berlutut sambil memegang ibu jari kaki kanan Tieya, dan mula membaca Al-Fatihah, disusuli potongan ayat yang aku cam sebagai Al-Kursi, kemudian An-Nas. Bacaan ustaz jelas, kuat dan bergema, seolah-olah mencengkam roh yang bersembunyi dalam tubuh Tieya.

Kami di luar diam dengan tubuh yang kaku, perasaan takut dan bingung namun tidak mampu berpaling.

Kerana malam itu, dengan mata sendiri, kami melihat:

Roh yang kami ganggu, kini menuntut kembali.

XXIII – Darah di Hujung Jari

Tubuhku kaku. Aku terpahat di situ sambil otak cuba mencerna makhluk yang tiba-tiba muncul di pandanganku.

Mataku kini terpaku pada sesuatu yang tidak sepatutnya ada, kelibat yang sangat aku kenal, yang aku fikir hanya mimpi buruk, kini berada di atas almari yang dilanggar Kak Ayu tadi.

Rambutnya menjuntai, kusut, wajahnya kabur namun jelas menunjukkan ekspresi marah, kemarahan yang seolah-olah ditujukan kepadaku seorang.

Kelibat itu memandang tepat ke mataku, dan untuk beberapa saat, dunia sekeliling menjadi bisu. Segala kekecohan dalam bilik seperti jeritan, tangisan, bacaan doa seakan lenyap dalam gema antara aku dan dia.

Kemudian, dari mulut Tieya yang masih dirasuk, keluar satu suara:

"Kau yang kacau tempat aku... KAU yang punca!"

Namun mata Tieya langsung tidak melihatku.

Kelibat itulah yang menunjuk ke arahku dengan jarinya yang panjang dan hitam, tangannya yang kotor seperti terbakar, menunding tepat ke dadaku. Dari hujung jarinya... menitis darah setitis demi setitis ke lantai.

Aku menggigil. Nafas tersekat.

Perasaan dalam dadaku seperti ditenggelami lautan gelap. Setiap inci tubuhku mengecut. Aku ingin lari, ingin menjerit tapi kakiku seakan terkunci di lantai.

Aku menoleh ke kanan untuk cuba mencari Ain yang bagiku satu-satunya harapan untuk kekal waras.

Tapi Ain juga...

Pucat. Matanya terbeliak. Wajahnya kosong, seperti kehilangan warna. Dia memandang tepat ke arah kelibat itu, namun tidak berganjak. Seolah-olah jiwanya tersedut keluar, hanya tinggal jasad membatu.

Sementara itu, aku dengar suara Ustaz Zulhadi makin lantang, membaca ayat-ayat ruqyah yang kuat dan jelas:

"A'ūdhu billāhi minash-shaitānir-rajīm... Bismillāhir-raḥmānir-raḥīm..."

Ayat-ayat itu bertukar menjadi seruan keras. Bacaan Al-Fatihah, Al-Kursi, Al-Mu'awwizat berselang-seli.

Kelibat itu mula bergetar. Semakin kabur.

Mula menjadi samar.

Mula hilang.

Aku menghela nafas panjang. Baru ingin merasa sedikit lega, tiba-tiba..

Jeritan.

Dari sebelah kananku. Seorang pelajar di tepi Ain terhumban ke lantai sambil menjerit sekuat hati kemudian mengoyakkan tudung dan menggigit lengannya sendiri.

Sebelum sempat ustaz atau sesiapa menghampiri, seorang lagi pelajar yang kali ini dari barisan belakang, rebah sambil meraung dan tangannya mencakar wajahnya sendiri.

Aku ingin berundur, tapi tidak sempat.

Kejadian itu berjangkit.

Satu demi satu.

Dari bilik kami, bilik E4, gangguan itu menular ke pelajar-pelajar bilik sebelah iaitu bilik E6. Suara jeritan, barang-barang dilempar, tangisan, bunyi gegaran katil. Pelajar menendang pintu, menghentak dinding. Histeria.

Tidak cukup dengan itu, suara mula kedengaran dari tingkat bawah. Bermula dari bilik E1, kemudian E2, dan E3.

Seluruh blok seperti digoncang oleh makhluk yang tidak kelihatan, namun sangat benar.

Ustaz Zulhadi yang sedari tadi cuba mengawal keadaan kini mula berlari ke bawah menuruni anak tangga seperti dikejar. Suaranya mengarah pembantu warden membuka pembesar suara utama yang dipasang ke seluruh kawasan asrama.

Dalam beberapa saat, suara ustaz bergema:

"Semua pelajar diminta berada dalam bilik masing-masing. Kunci pintu. Jangan keluar!"

"Ketua bilik sila ambil tempat. Semua pelajar... bacaan Yassin sekarang juga. Bacaan ruqyah. Jangan berhenti!"

Pelajar lain mula bergegas. Kak Ayu menutup pintu, menarik pelajar yang masih di luar ke dalam bilik. Kunci dipusing, dan meja disandarkan di belakangnya.

Di tengah-tengah panik itu, aku terdengar ustaz kembali bercakap melalui pembesar suara:

"Muhammad Rafiq dari Blok J, sila ke mikrofon utama. Bacakan surah Yassin sekarang juga. Gunakan suara kau. Bacaan kena kuat."

Aku tahu suara itu. Muhammad Rafiq, pelajar lelaki tingkatan lima yang sering mengimamkan solat Maghrib di surau. Suaranya... memang luar biasa lunaknya. Menenangkan.

Dalam beberapa saat, suara mikrofon berubah.

"Bismillāhir-raḥmānir-raḥīm... Yā Sīn..."

Ayat demi ayat bergema ke seluruh kawasan asrama.

Pelajar-pelajar lain mula ikut.

Ada yang membaca sambil menangis.

Ada yang menggeletar, tapi tetap duduk bersila dan membuka surah di tangan, terlihat jelas getaran tangan yang secara tidak langsung mempengaruhi bacaan apabila surah yang dipegang tidak stabil.

Suara dari tingkat bawah mulai reda. Di bilik kami, pelajar-pelajar mula kembali duduk. Ain masih diam, tapi dia sudah memeluk surah Yassin di dadanya. Aku hanya duduk di sebelahnya, mengulang bacaan sambil air mata mengalir tanpa disedari.

Kerana pada malam itu, kami semua tahu:

Kami bukan lagi penghuni utama blok ini.

Sesuatu sedang melampiaskan amarah kepada kami semua.

XXIII – Bila Semua Menjadi Diam

Malam itu, Blok E berubah wajah.

Jeritan dan tangisan telah mereda, diganti dengan suara Muhammad Rafiq yang terus membaca Surah Yasin melalui pembesar suara dengan nada yang tenang tetapi menggetarkan hati. Alunan bacaannya meresap ke dinding-dinding, menenangkan setiap jiwa yang sedang resah.

Di bilik kami, Ustaz Zulhadi memulakan proses merawat Tieya terlebih dahulu. Dengan bantuan Ustazah Aina dan Kak Seri, mereka menyiramkan air Yasin ke wajah dan tangan Tieya, kemudian membacakan ayat-ayat perlindungan, berulang-ulang.

Tieya meronta dan menjerit-rerit tetapi perlahan-lahan tubuhnya menjadi lemah.

Akhirnya, dia rebah, lesu dan menangis dalam pelukan ustazah, sebelum pengsan tidak sedarkan diri.

Kemudian, ustaz mula bergerak dari satu pelajar ke satu pelajar lain di dalam bilik, membuat rawatan kemudian menyapukan air ruqyah dan membaca ayat perlindungan. Kami yang tidak dirasuk pula terus membaca Surah Yasin secara perlahan, mengikut suara dari pembesar suara. Setiap suara bergetar, bukan kerana ketenangan, tapi kerana trauma yang belum hilang.

Selepas selesai di bilik kami, ustaz memberi isyarat. Ustazah dan Kak Seri membantu membawa air ruqyah yang masih tinggal, dan mereka bergerak ke bilik sebelah iaitu bilik E6.

Suara zikir dan bacaan mula kedengaran dari arah sana pula.

Proses itu berulang.

Bilik ke bilik.

E6. Kemudian E3. E2. Dan terakhir E1.

Seperti gelombang pasang yang mula surut, blok E kembali sunyi. Bukan kerana selamat, tapi kerana semua sudah terlalu letih untuk bersuara.

Jam hampir 12:30 malam bila pembesar suara kembali berbunyi.

Ustaz Zulhadi berdiri di ruang utama blok E dan membuat pengumuman.

"Assalamualaikum. Kepada semua pelajar blok E. Kami telah berbincang dengan pihak pengetua dan semua warden. Bermula malam ini, mana-mana pelajar yang ingin pulang bersama keluarga dibenarkan. Ibu bapa boleh datang menjemput di pagar utama. Pelajar yang tinggal jauh dan tidak dapat kembali segera dibenarkan cuti khas sehingga hari Ahad."

"Pihak sekolah akan beri kelonggaran untuk tidak hadir ke sekolah minggu ini sekiranya perlu. Keselamatan dan kesihatan mental kamu lebih penting."

Berita itu seperti membuka ruang nafas baharu dalam dada kami semua.

Namun... tidak bagi aku.

Aku duduk bersandar pada dinding bilik, memeluk lutut. Mata aku masih terpaku pada katil Tieya, kosong. Dia telah dibawa ke bilik rawatan sementara di pejabat warden, dalam keadaan tidak sedarkan diri.

Ain duduk tidak jauh dariku, masih memegang buku hitam Aria yang kini kelihatan semakin lusuh di tangannya.

Aku menghampirinya perlahan.

"Ain..." panggilku.

Dia menoleh sedikit. Matanya letih tapi masih berapi.

"Kita... perlu cakap dengan ustaz," aku kata perlahan. "Tentang apa yang sebenarnya berlaku. Tentang malam permainan tu. Syiling. Nama Aria..."

Tapi Ain hanya menggeleng.

"Belum," katanya. "Kita tak tahu semua lagi. Kalau kita cerita sekarang... semua orang akan salahkan kita. Dan Devi. Dan Tieya. Kita kena cari jalan dulu."

Aku menunduk.

"Kalau macam tu... sampai bila?" soalku lirih. "Sampai ada yang mati?"

Ain memandangku, lama. Tapi tiada jawapan.

Aku berpaling, melihat ke arah jendela. Angin malam masuk melalui celah tingkap yang tak rapat, membawa aroma tanah basah dan rumput malam.

Dalam kepala aku, dua suara bertarung.

Satu menyuruh aku mengaku, memberitahu warden apa yang kami buat malam itu, tentang apa yang kami buka, siapa yang kami panggil.

Satu lagi menyuruh aku diam. Menunggu. Biarkan masa menguburkan semuanya.

Aku teringat wajah Devi yang kini entah di mana, wajah Tieya yang jeritannya tadi masih menghantui aku. Dan Aria yang kini, bukan lagi sekadar nama dalam syiling... tapi mungkin jiwa yang masih hidup dalam sesuatu.

Akhirnya aku bersuara dalam hati:

"Mungkin... semuanya dah berakhir. Ustaz dah rawat. Bacaan Yasin pun dah habis. Semua dah tenang..."

Aku menoleh ke arah Ain yang kembali duduk bersandar, buku hitam itu diletak di riba.

"Tak perlu sesiapa tahu. Biar kami saja yang simpan semua ni."

Aku tarik nafas dalam-dalam.

Dan malam itu, aku membuat keputusan untuk tidak berkata apa-apa.

Kerana kadang-kadang... lebih mudah untuk percaya bahawa semuanya sudah pun berakhir.

XXIV – Kisah Yang Belum Tamat

Malam itu, aku tidak mampu tidur.

Blok E masih riuh walau waktu sudah menghampiri jam satu pagi. Satu demi satu pelajar mula keluar bersama beg masing-masing, dijemput oleh ibu bapa mereka yang datang dari pelbagai daerah dan negeri. Bayangan lampu kereta, suara panggilan ibu, dan derapan langkah tergesa-gesa mewarnai malam yang sepatutnya sunyi.

Aku memandang siling bilik dari katilku, memeluk lutut sambil menarik nafas perlahan. Dadaku terasa berat, bukan kerana penat tetapi kerana rasa bersalah yang menghimpit.

Aku tidak mahu hubungi papa dan mama.

Bukan kerana mereka tak sayang. Tapi kerana aku tak sanggup... bebankan mereka, apatah lagi malam-malam begini.

Sedangkan Ain, yang keluarganya tinggal di Johor, hanya diam. Dia tidak berpeluang untuk pulang, lebih-lebih lagi kerana keluarganya tiada kenderaan. Ain datang ke asrama menaiki bas awam semata-mata dan jelas dia sendiri tak pernah mengharapkan untuk dijemput malam ini.

Jika aku pulang dan tinggalkan Ain sendirian di sini... aku tahu dia tidak akan pernah maafkan aku. Dan aku sendiri mungkin tidak akan maafkan diriku.

Jadi, aku diam. Aku tunggu esok. Mungkin aku boleh hubungi mereka di sekolah, beritahu mereka secara tenang tanpa nada panik. Biarlah mereka berehat malam ini. Aku... akan hadap malam ini sendiri. Tentang Ain, mungkin jika dibenarkan, aku boleh menumpangkan dia di rumahku atau menghantar dia ke stesen bas menaiki kereta papa.

Satu perkara yang jelas selepas kejadian malam tadi ialah keadaan Kak Linda.

Senior bilik kami itu kelihatan tidak lagi seperti biasa. Wajahnya pucat, dan pergerakannya perlahan. Sejak melanggar almari besi apabila dilempar oleh Tieya dalam keadaan kerasukan, dia sering mengadu sakit belakang. Dan almari itu sendiri kini kemek.

Keluarganya datang tadi dan membawanya pulang. Meninggalkan hanya Kak Ayu, satu-satunya senior yang masih tinggal di bilik. Katanya, setiap bilik mesti ada seorang senior yang bertanggungjawab sekiranya berlaku kecemasan.

Sedang aku merenung kosong ke arah pintu yang terbuka sedikit, membenarkan cahaya koridor masuk samar-samar...

Ain meluru ke arahku.

Langkahnya pantas, wajahnya serius namun bukan wajah seseorang yang sedang takut, tapi seperti seseorang yang baru menemui jawapan penting.

"Aida," bisiknya sambil duduk di hujung katilku. "Aku dah baca sampai habis."

Aku angguk, duduk perlahan dan memandang wajahnya yang kelihatan cemas namun yakin.

"Nama dan cerita sebenar Aria... Nurul Ariana Binti Razak," katanya.

Aku terdiam. Nama itu... terasa sangat dekat. Memang aku telah membaca namanya siang tadi bersama Ain dan Devi, namun entah kenapa, tidak lekang namanya dari fikiran.

"Ariana... Aria..." aku ulang perlahan.

"Dia pelajar tingkatan lima, aliran PKEE jugak. Sama dengan kita. Tahun 1997. Lima tahun lepas."

Ain membuka helaian terakhir buku hitam itu, menunjukkan catatan yang ditulis dengan tulisan yang makin lama makin cakar, tidak teratur. Beberapa ayat terganggu, ada tulisan yang dicoret dengan pen merah seperti darah.

"...aku tak tahu nak buat apa. Syiling ini bukan syiling biasa. Aku jumpa di tepi ampaian blok E. Sejak tu... setiap malam, ada yang berdiri di kaki katil aku. Kadang-kadang di bilik mandi. Kadang di tingkap..."

"...makhluk itu bisik nama aku. Dia sebut setiap rahsia aku. Dia ikut aku di asrama, sekolah, balik rumah. Dia tak tinggal di asrama saja. Aku tak boleh mandi, tak boleh makan, tak mampu belajar."

"...aku cuba buang syiling tu. Tapi setiap kali aku bangun, dia ada semula dalam laci. Aku buntu, aku nak belajar pun tak mampu. Aku bakar... dia muncul balik. Aku tanam... dia balik."

"...aku penat. Aku takut. Aku dah fikir... kalau aku mati, mungkin dia akan pergi."

Kami saling berpandangan.

"Aida... dia bunuh diri," kata Ain perlahan. "Diari ni tamat beberapa hari sebelum tarikh peperiksaan akhir. Dia cuba... tamatkan semuanya."

Aku menutup mulut, menahan nafas yang tiba-tiba menjadi sesak. Bulu roma di seluruh tubuhku meremang.

"Bermakna... roh Aria tak pernah tenang. Dan syiling itu... dia tak nak sesiapa sentuh. Sebab tu dia kata tempat tu 'tempat dia'. Dan syiling itu... 'syiling dia'."

Ain mengangguk. "Gangguan tu tak hanya di asrama. Dia ikut. Dia melekat."

Kami masih membaca helaian terakhir apabila lampu bilik dipadamkan secara automatik. Suasana bertukar malap. Hanya cahaya samar dari koridor menyinari wajah kami.

"Dah lewat," kata Kak Ayu dari katilnya. Suaranya tegas tapi letih. "Masa untuk tidur. Simpan buku. Esok boleh sembang lagi."

Ain menutup buku perlahan. "Okay, kak."

Kami semua bersiap untuk tidur.

Ain menaiki katil atasku, katil Tieya, dia mahu tidur di situ disebabkan tidak ramai penghuni malam ini dan dipersetujui kak Ayu... aku hanya mampu berbaring sambil mencuba menutup mata.

Tapi dalam hati, tidak ada yang kosong.

Setiap perkataan dalam diari Aria terus bergaung dalam benak aku.

Syiling itu bukan benda biasa... Dia ikut aku... Dia dimana-mana...

Aku menarik selimut hingga ke dada, mata tertutup, tetapi hati masih berjaga.

Sehingga akhirnya aku terlelap..

XXV – Mencari Pengganti

Tubuhku tiba-tiba terasa berat.

Sangat berat.

Aku tahu aku tidak bermimpi. Aku tahu aku sedang dihimpit lagi.

Sama seperti malam itu. Nafasku tersekat. Dadaku seperti ditindih batu besar yang dingin dan lembap. Kali ini lebih teruk. Lidahku keras. Suara tersekat di kerongkong. Aku cuba menjerit... gagal.

Cuba menggerakkan tangan... gagal.

Cuba melawan... gagal.

Aku hanya mampu membuka mata sedikit, cukup untuk melihat samar-samar siling bilik yang gelap. Semua bunyi seakan hilang, yang tinggal hanya degupan jantung sendiri yang terdengar.

Dan ketika itu...

"Kau yang ganggu... Kau yang buka... Sekarang kau ganti tempat aku..."

Bisikan itu.

Suara perempuan. Serak. Tajam. Jaraknya sangat dekat. Seolah-olah berbisik tepat di tepi telingaku. Setiap kata menusuk tulang belakangku.

"Dah lama aku tunggu... Pengganti... Pengganti..."

Tidak! Aku menjerit dalam hati. Tapi yang keluar hanyalah tangisan dalam diam.

Aku cuba baca apa sahaja ayat suci, tapi seperti malam sebelumnya, tiada satu ayat pun yang aku ingat. Hanya perkataan terputus-putus dalam hati yang bercampur dengan panik.

Bismillah... Allahu... Nas... Kursi... Ya Allah... Ya Allah...

Tapi tubuhku tetap tidak bergerak.

Hingga akhirnya, pandangan menjadi kabur... berat... gelap.

Dan aku tertidur kembali, dalam keadaan digenggam ketakutan.

Aku terjaga hanya apabila Ain menggoncang tubuhku perlahan.

"Aida, bangun... Subuh. Jom ke surau."

Aku terjaga dengan nafas masih sesak. Dahi berpeluh. Tubuh terasa lemah, seolah-olah telah berlari sepanjang malam.

Mataku masih terkebil-kebil, belum sempat bertanya, aku terpandang satu sosok di sudut tingkap bilik kami.

Di luar.

Di tingkat dua.

Dan sosok itu... melayang.

Rambutnya mengerbang liar. Pakaiannya kelihatan seperti baju seragam sekolah yang koyak dan lusuh. Tubuhnya tidak berpijak di lantai tetapi tergantung di udara, sedikit berayun seperti kain buruk.

Wajahnya samar tapi matanya tajam merenung masuk ke dalam bilik.

Terus ke arah aku.

"AIN!!" jeritku sekuat hati, sambil menuding jari ke arah tingkap. "ITU DIA!!!"

Ain yang masih separa mamai segera menoleh. "Apa dia? Mana?!"

Azan Subuh berkumandang dari surau.

Dan dalam sekelip mata, sosok itu hilang seolah-olah dihapuskan oleh azan.

Aku masih tergamam. Dadaku turun naik. Ain masih merenung ke arah tingkap kosong.

"Aku... aku tak nampak apa-apa..." katanya perlahan. "Serius."

Aku tak jawab. Aku masih melihat ke luar. Masih cuba yakinkan diriku sendiri yang aku memang nampak sesuatu.

Aku tak tunggu lama.

"Ain, jom turun. Aku nak wuduk kat surau," kataku sambil segera mencapai telekung dan tuala kecil.

Aku tak sanggup berada di situ lagi.

Ain mengangguk.

Kami turun tangga tergesa-gesa, tidak berkata sepatah pun, hanya saling berpandangan dengan wajah tegang. Angin pagi mencengkam kulit kami, tetapi terasa lebih selamat daripada kegelapan dalam bilik sendiri.

Langkah kami makin laju bila terdengar bunyi kasut warden lelaki berjalan menghampiri. Kami tidak mahu didenda kerana lewat.

Di surau, air paip yang mengalir menyentuh wajahku terasa menyedarkan sedikit segala trauma. Di sekeliling, beberapa pelajar lain sudah berada di ruang solat.

Aku duduk perlahan di sejadah, masih menggeletar halus.

Ain mengambil tempat di sebelahku, menarik nafas panjang. Dia tidak tanya apa-apa. Tapi dari cara dia memandangku, aku tahu...

Dia mula percaya.

Dan dalam hati, aku tahu satu perkara:

Makhluk itu belum selesai.

Dan aku...

mungkin...

calon pengganti yang sedang diperhatikan.

XXVI – Keputusan Bersama

Hari itu langit pagi terasa seperti menekan. Angin tidak bertiup seperti biasa, dan sinar matahari kelihatan kelabu walaupun cuacanya cerah. Semuanya terasa... sumbang.

Aku duduk di meja sekolah, cuba menumpukan perhatian pada pelajaran, tapi otak aku... tidak mampu diam.

Patutkah aku hubungi papa dan mama?

Suara itu berulang-ulang dalam kepalaku sejak malam tadi, sejak aku melihat kelibat itu di tingkap bahkan sejak aku dihimpit lagi. Fikiranku bercelaru. Tubuhku letih. Aku hanya mahu pergi dari sini.

Tapi...

Aku baca diari Aria.

Dan diari itu jelas menyebut: gangguan bukan hanya di asrama. Ia mengikut ke mana sahaja...

Kalau aku balik rumah dan kena ganggu sendirian... siapa yang akan tolong aku?

Di rumah, mama dan papa bekerja sepanjang hari. Mereka keluar seawal jam tujuh pagi dan hanya pulang selepas Maghrib. Kalau aku kena ganggu, siapa akan tahu?

Sekurang-kurangnya di asrama... ada Ain. Ada kak Ayu. Ada pelajar lain. Kalau apa-apa jadi, aku tidak keseorangan.

Aku genggam tangan sendiri atas meja. Nafasku panjang dan berat. Perlahan-lahan aku batalkan niat untuk telefon papa dan mama hari ini.

Waktu rehat, aku bangun dari kerusi lebih awal dari biasa. Satu keputusan mula terbentuk dalam kepala.

Kalau aku tak mahu cerita pada ustazah atau warden... sekurang-kurangnya aku perlu cerita pada seseorang yang lebih dewasa daripada aku.

Kak Ayu.

Dia satu-satunya senior yang masih tinggal di bilik kami. Dia menyaksikan apa yang berlaku malam itu. Mungkin dia tahu sesuatu. Mungkin dia tak akan menuduh... tapi membantu.

Aku tinggalkan kelas dan berjalan ke arah kelas Ain. Waktu rehat masih panjang, dan aku nekad mahu bincang ini sekarang.

Ain kelihatan sedang menutup bukunya bila aku tiba.

"Ain," bisikku. "Jom kita cari Devi dan Tieya. Kita bincang betul-betul. Kita kena fikir apa nak buat."

Dia mengangguk perlahan. Wajahnya kelihatan lebih matang daripada semalam. Lebih bersedia. "Aku setuju."

Kami menuju ke kelas Devi di tingkat bawah. Dia sedang duduk di kerusi, membaca nota seorang diri. Bila nampak kami, matanya membesar sedikit, mungkin terkejut, mungkin lega.

Kami bertiga mencari Tieya di kelasnya, namun pelajar di kelasnya memberitahu yang dia tidak hadir persekolahan hari itu.

Kami bertiga duduk di bangku bawah tangga belakang, tempat yang jarang dilalui pelajar lain.

Tanpa banyak selindung, aku mula bercakap.

"Aku rasa... kita kena cerita hal sebenar pada kak Ayu. Kita tak boleh simpan dah. Apa jadi malam tu... apa dalam diari Aria... semua tu kita kena bagitahu."

Devi tunduk. "Aku pun setuju. Aku rasa bersalah sangat. Aku yang jumpa syiling tu. Kalau aku tak tunjuk... tak ajak..."

"Bukan salah kau," Ain mencelah. "Kita semua terlibat. Kita semua mainkan peranan."

Aku mengangguk. "Kita buat keputusan sama-sama malam tu. Dan kita kena tanggung sama-sama."

Devi menggenggam hujung lengan bajunya. "Aku balik ke asrama pagi Sabtu. Hari Jumaat ni hari terakhir aku digantung. Jadi... kita jumpa dengan Kak Ayu hari Sabtu petang, boleh?"

Kami saling berpandangan. Kemudian serentak mengangguk.

"Petang Sabtu," Ain sahkan. "Kita ceritakan semua. Tentang bilik E5. Tentang permainan tu. Tentang syiling. Tentang Aria."

Aku menarik nafas dalam. "Kalau kena buang sekolah pun... aku tak kisah. Yang penting, kita hidup."

Devi senyum nipis. "Aku pun. Kita dah mula sama-sama. Kita habiskan sama-sama."

Kami bertiga menghulurkan tangan, menindih tangan masing-masing seolah mengikat janji tanpa lafaz panjang. Diam, tapi kuat.

Loceng rehat berbunyi. Kami pulang ke kelas masing-masing. Pelajaran disambung seperti biasa, tetapi dalam hati aku... ada sesuatu yang berubah.

Petang Sabtu nanti, kami akan buat keputusan besar.

Dan aku sudah bersedia untuk itu.

Pukul 12:15 tengah hari, sekolah tamat awal seperti biasa hari Jumaat. Tiada kelas tambahan, hanya tugasan bertimbun yang perlu disiapkan hujung minggu.

Aku dan Ain berjalan pulang ke asrama bersama. Langit kini lebih cerah, tapi kami masih diam. Banyak yang mahu dibincangkan, tetapi semuanya akan ditunggu sampai hari Sabtu.

Esok.

Segalanya akan mula berubah esok.

XXVII – Syiling Yang Kembali

Hari Jumaat seperti biasa sekolah tamat lebih awal. Tepat jam 12:15 tengah hari loceng dibunyikan dan pelajar-pelajar mula melangkah keluar dari kelas masing-masing. Aku dan Ain berjalan bersama untuk pulang ke asrama.

Waktu rehat tadi kami sudah sepakat iaitu esok kami akan berterus terang kepada Kak Ayu. Tapi untuk hari ini, aku hanya mahu berehat, mandi dan menenangkan diri.

Sampai di bilik, aku segera ambil tuala dan peralatan mandi. Cuaca panas, dan tubuhku terasa tidak selesa sejak awal pagi.

Semasa di bilik mandi, aku perasan sesuatu tidak kena.

Dan ya, aku datang bulan.

Baru aku sedar kenapa sejak semalam tubuh terasa berat dan kepalaku berdenyut perlahan-lahan. Aku mengeluh perlahan. Aku selesai mandi cepat-cepat dan ketika aku keluar dari bilik mandi, aku terserempak dengan Tieya yang baru hendak masuk.

Dia tampak tenang, malah senyum padaku.

"Eh, Tieya! Kau okay?" tegurku spontan.

Dia mengangguk, wajahnya cerah. "Okay sikit. Dah makan ubat. Rehat pun banyak."

Aku rasa lega. Sekurang-kurangnya dia sudah boleh berbual semula. Sekurang-kurangnya, dia kembali seperti biasa.

"Oh ya," aku sambung, "aku ada kerja sekolah yang kena potong kertas.Macam biasa. Boleh pinjam gunting kau?"

Dia tersenyum sambil membuka pintu bilik mandi. "Ada kat tempat biasa tu..."

"Thanks!" jawabku sebelum melangkah pantas ke bilik.

Sampai di bilik, aku terus ke almari sendiri. Ambil tuala wanita yang aku simpan dalam kotak kecil di rak bawah. Aku kembali ke tandas. Perut mula rasa tidak selesa. Segala urusan peribadi lebih senang diselesaikan dahulu.

Namun sebaik tiba... Tieya sudah tiada.

Cepatnya dia mandi?

Aku melihat ke arah tandas dan sekitar, mencari sekiranya dia menggunakan tandas namun tiada.

Aku tunggu sebentar, fikir mungkin dia baru keluar dan ada di bilik. Selepas selesai urusanku di situ, aku kembali ke bilik.

Dan waktu itu... aku perasan sesuatu.

Kunci almari Tieya tergantung.

Biasanya Tieya akan simpan kunci itu. Tapi kali ini... ia tergantung terbuka, fikirku mungkin Tieya sengaja meninggalkan kunci untuk memudahkan aku mengambil gunting itu sendiri. Mungkin dia tergesa-gesa untuk keluar ke dewan makan? Atau bilik prep?

Aku yang masih belum menyiapkan tugasan kerja sekolah yang perlu dihantar hari Isnin mula mencari gunting yang disebutkannya tadi.

Aku tahu di mana dia simpan iaitu dalam kotak makanan bersama mi segera, biskut dan makanan ringan lain. Bahagian bawah sekali, dia sorokkan gunting itu supaya tidak dirampas.

Aku malas nak keluarkan makanan itu satu persatu. Jadi aku meraba dari tepi, menyelitkan tangan perlahan.

Tanganku terasa menyentuh sesuatu keras dan sejuk.

Ah, mesti gunting...

Tapi bila aku tarik keluar...

Syiling.

Syiling emas tahun 1906.

Yang pernah kami gunakan dalam permainan Spirit of a Coin.

Yang sepatutnya masih di bilik E5, ditinggalkan dari malam itu.

Mulutku ternganga. Tanganku terketar-ketar. Aku spontan menjatuhkan semua bekas makanan ke lantai. Bunyi biskut, plastik, dan mi segera bertaburan di lantai bilik.

Tapi peliknya... syiling itu tetap masih di tanganku.

Seolah-olah melekat.

Aku cuba buang. Tapi jariku genggam erat tanpa sedar.

Wajahku pucat.

"Aida!"

Ain berlari dari katilnya. Wajahnya terkejut melihat keadaan berselerak. Aku tunjukkan syiling itu.

"Ain... dia balik. Syiling tu... ada dalam almari Tieya."

Mata Ain terbeliak. "Kita tak boleh duduk sini."

Kami segera kutip barang-barang yang jatuh. Aku balut syiling itu dengan tisu dan simpan dalam poket baju kurung.

Kemudian tanpa banyak cakap, kami berdua bergegas keluar menuju ke bilik prep.

Langkah kami laju menuruni tangga. Blok asrama agak lengang waktu itu kerana ramai pelajar lain berada di dewan makan, dan pelajar lelaki serta warden lelaki sudah keluar ke masjid berhampiran untuk solat Jumaat.

Hanya kami berdua...

Dan syiling itu.

XXVIII – Ia Tetap Kembali

Bilik prep agak lengang petang itu. Pelajar lain yang masih berada di asrama kebanyakannya sedang berehat atau menyambung tugasan sekolah. Suasana sunyi, hanya diselangi bunyi kipas meja yang berputar malas.

Aku dan Ain masuk ke dalam, dan tanpa buang masa, aku mula mencari Tieya. Pandangan kuhala ke setiap penjuru bilik, ke arah tingkap, ke meja belakang yang selalu dia duduk namun dia tiada.

"Mana Tieya?" soalku ke arah Ain.

Ain yang sudah meletakkan begnya, menoleh. Mukanya seakan penuh pertanyaan.

"Tieya belum balik, Aida." suaranya datar, tegas.

Aku terkedu sejenak. "Belum balik? Tapi tadi aku... aku jumpa dia. Di tandas. Dia senyum. Dia jawab soalan aku macam biasa."

Ain menggeleng, dahinya berkerut. "Kau pasti?"

Aku diam.

"Kawan kelas dia cakap dia tak hadir sekolah pun hari ni. Masih di rumah. Dia tinggal di Kelantan. Jauh. Takkan dia ulang-alik, apatah lagi lepas apa yang jadi kat dia tempoh hari."

Aku termenung. Otakku cuba mencerna.

Kalau Tieya tak balik, siapa yang aku jumpa di bilik mandi tadi? Siapa yang bercakap dengan aku... senyum pada aku...?

Aku menggenggam erat kunci almari Tieya yang masih dalam genggaman.

Waktu aku ambil tuala wanita tadi, aku sempat ke almari Tieya untuk cari gunting yang aku perlukan. Gunting itu biasa disimpan dalam bekas makanan di rak paling bawah.

Tapi...

Bila aku meraba ke dalam bekas itu...

Aku jumpa syiling 1906.

Syiling yang kami gunakan malam permainan itu. Syiling yang sepatutnya sudah lesap, atau... dibuang, dilupakan.

Ia muncul semula.

Aku pegang hanya seketika. Dan saat logam sejuk itu menyentuh kulitku, rasa ngeri menyelubungi seluruh tubuh. Seolah-olah aku kembali ke malam itu. Malam kerasukan. Malam jeritan. Malam syiling itu mengaku milik 'dia'.

Aku segera letakkan semula syiling itu ke dalam bekas makanan Tieya. Tidak sanggup. Tak mahu terlibat lagi.

Kalau Tieya simpan syiling itu, mungkin dia ada sebab. Mungkin dia mahu simpan sebagai bukti. Atau dia tak tahu pun ia masih ada. Tapi yang pasti... aku tak mahu pegangnya lagi.

Yang aku bawa cuma kunci almarinya, niatku hanya mahu pulangkan di bilik prep dan tanya alasannya kenapa dia masih simpan syiling itu?

Tapi sekarang... bila Ain beritahu Tieya belum pun kembali ke asrama, semuanya mula longgar.

Aku buka tapak tanganku perlahan.

Kunci.

Masih kunci almari Tieya.

Aku hela nafas lega. "Kalau dia belum balik... kunci ni aku nak pulang pada siapa?"

Ain diam. Tapi sebelum dia sempat menjawab, aku terdengar suara tapak kaki dari belakang.

Berpaling.

Tiada siapa.

Aku segera duduk, tangan mengusap dada yang makin sesak. Aku hanya ingin semuanya selesai. Kami sudah berjanji untuk berjumpa Kak Ayu esok dan berterus terang. Tapi kenapa sekarang... semuanya seperti mengejar aku semula?

Aku tunduk memandang meja.

Dan ketika aku mengangkat tangan untuk menyapu rambut dari wajahku, aku terpaku.

Di tapak tanganku.

Bukan lagi kunci.

Tapi syiling.

Syiling itu.

Syiling emas 1906. Ukiran "UNITED STATES OF AMERICA-TWENTY DOLLARS" terpampang jelas di permukaannya.

"Ain..." bisikku, mata mula berair. "Aku... aku tak bawa syiling ni. Aku tinggalkan dalam almari Tieya tadi. Aku tak pegang pun... aku tak pegang..."

Ain menoleh, dan sebaik melihat wajahku, dia terus bangun menghampiri.

"Letak! Letak cepat!"

Aku ingin buang, tapi tangan aku... tak mahu lepaskan.

Jari aku menggenggam sendiri. Seolah-olah bukan aku yang kawal.

"Baca apa-apa. Doa. Surah pendek. Apa-apa!" Ain menjerit kecil, suara gemetar.

Aku pejam mata kuat-kuat, cuba membaca. Tapi seperti malam ditindih dulu, semua ayat suci kabur dalam kepala.

Ain menarik tanganku perlahan, dan dengan kudrat yang ada, dia buka jari-jariku satu persatu. Syiling itu jatuh ke lantai prep, bergolek ke bawah meja.

Kami terduduk.

Seisi bilik prep senyap. Beberapa pelajar yang melihat cuma memandang kami tanpa kata.

Dan ketika itu aku tahu...

Syiling itu tak peduli di mana aku letak dia.

Aku boleh tanam. Aku boleh buang. Tapi ia akan kembali.

Kerana ia sudah memilih.

XXIX – Diari Aria & Wajah Tanpa Kepala

Petang itu, suasana di bilik prep terasa berat. Matahari menurun perlahan-lahan, dan bayang-bayang panjang mula menari di dinding. Pelajar lain tekun mengulang kaji pelajaran masing-masing. Tapi fokus aku hanya kepada diari Aria yang masih terbuka di hadapanku.

Satu suara memecah kesunyian.

"Aida, Ain. Mari ke sini sekejap."

Aku dan Ain saling berpandangan sebelum bangun perlahan-lahan dan melangkah ke arah meja Kak Ayu yang menjadi penjaga prep untuk petang itu.

Dia duduk tenang sambil tangannya menyilang, wajahnya lembut namun mata tajam memerhati kami.

"Kak bukan nak menyibuk," katanya perlahan, "tapi Kak rasa pelik sejak malam kejadian tu. Hampir semua penghuni bilik E4 kena histeria, satu demi satu. Tapi kamu berdua..."

Dia diam sejenak kemudian menghela nafas.

"...kamu macam dilangkau. Tak langsung terganggu."

Aku tunduk. Ain menggenggam jari sendiri.

"Lepas tu, Tieya pun selepas dia sedar semalam, benda pertama dia cakap ialah dia nak jumpa kamu berdua. Tapi bila Kak tanya kenapa, dia diam. Dan kamu berdua pun sejak semalam nampak... lain."

Matanya menatap terus ke wajah kami.

"Kalau ada apa-apa... Kak minta kamu jujur. Kak nak tolong. Bukan nak hukum. Nak bantu."

Untuk sejenak, aku hampir membuka mulut. Hampir mahu memberitahu semuanya tentang malam permainan, tentang syiling, tentang suara, tentang Aria. Tapi ingatanku melayang pada janji kami bertiga antara aku, Ain dan Devi untuk berterus terang hanya bersama.

Aku memilih untuk diam.

Ain cepat-cepat menjawab, "Aida... dia datang bulan, Kak. Dia tak larat sangat petang ni."

Kak Ayu tidak berkata apa-apa seketika. Kemudian dia hanya menganggukk perlahan.

"Kalau macam tu... cuba makan ubat penahan sakit. Atau berjalan-jalan sikit. Buat aktiviti ringan. Jangan dibiarkan sakit tu makan emosi."

Kami menganggukk perlahan dan kembali ke tempat duduk.

Aku membuka semula diari Aria. Suatu catatan yang tertulis di mukasurat berikutnya membuatkan aku menelan air liur.

"Aku gemar bunyi duit lama. Sejak kecil, aku kumpul syiling. Tapi syiling ini... lain. Aku kutip tepi ampaian, di blok E. Syiling besar. Cantik. Tapi lepas tu..."

"...aku nampak wanita berpakaian putih. Dia tak ada kepala. Rambutnya melilit leher, jatuh hingga ke lantai. Dia berdiri di luar tingkap, kadang dalam bilik air. Kadang atas almari."

"Aku tak boleh belajar. Tak boleh makan. Tak boleh mandi. Aku... kotor, kosong, dan takut. Pelajaran aku jatuh. Aku cuba tamatkan hidup aku... banyak kali."

Aku rasa tengkukku meremang.

Ain di sebelah hanya diam, matanya juga tertumpu pada baris terakhir itu.

"Hospital tak dapat bantu. Ustaz tak dapat bantu. Kaunselor pun tak faham. Aku... tinggal sendiri dengan benda ni. Tiada siapa percaya. Dan kalau ada yang percaya... mereka akan kena juga."

Aku tutup diari perlahan.

Loceng prep berbunyi. Kami berdua mengemas barang dengan hati-hati. Di luar, cahaya matahari makin lemah, menjadikan suasana asrama berwarna jingga kusam.

Kami berjalan keluar dari prep, beriringan menuju ke blok E. Tapi sebaik saja kami menghampiri tangga...

Aku terpaku.

Dia berdiri di situ.

Wanita itu. Aria.

Berpakaian putih lusuh, bajunya labuh hingga ke lantai. Wajahnya... remuk.. Kusutnya rambut yang jatuh seperti tali, tergulung di tengkuk, menggantung ke sisi.

Tangannya terangkat, seolah-olah memberi isyarat "jangan datang."

Ain terus melangkah ke depan, tidak nampak apa-apa.

"Ain..." bisikku.

Dia berhenti. "Kenapa?"

"Atas tangga... dia... dia ada di situ."

Ain menoleh. "Siapa?"

"Aria."

Ain melihat ke tangga, kemudian kembali memandang aku. Wajahnya kosong, tidak nampak sebarang tanda bahawa dia melihat apa yang aku lihat.

"Kosong, Aida. Tak ada siapa."

Aku tak sanggup.

"Jom ke padang. Aku nak hirup angin luar. Sekejap."

Tanpa menunggu jawapan, aku tarik lengan baju Ain dan mula melangkah ke arah padang.

Aku tak sanggup naik ke atas.

Tak sanggup menjejak satu tapak pun ke tangga itu selagi 'dia' masih di situ.

XXX – Di Padang Yang Sama

Langit semakin kelabu, senja mula melukis cahaya jingga di atas bumbung asrama. Angin petang meniup lembut, memukul lembut wajah kami. Aku dan Ain duduk di bangku kayu yang mulai usang di tepi padang, cuba mencari sedikit ketenangan selepas pertemuan tegang bersama Kak Ayu di prep tadi.

Ain diam di sebelah, sesekali menunduk menatap rumput yang bergoyang perlahan. Aku pula, dengan tangan yang masih menggigil tipis, membuka helaian diari Aria.

Aku sambung membaca, helai demi helai. Catatannya semakin tidak stabil, tulisan Aria menjadi semakin senget, garisan patah-patah, dan ayat-ayatnya sering tergantung separuh jalan.

Namun ada satu muka surat yang membuat jantungku berdegup lebih laju:

"Hari ke-22. Aku lari ke padang. Mahu lari dari bilik, dari cermin, dari bayang sendiri. Duduk di bangku, tepi tiang gol. Hanya mahu udara. Tapi 'dia' ikut juga."

"Aku nampak dia berdiri di atas tiang gol. Yang sebelah kiri. Rambut dia jatuh sampai rumput. Tubuhnya macam dililit kain kapan. Tapi tak ada kepala. Tak ada kaki. Dia tergantung dengan rambut yang mengelilingi lehernya yang seakan dipancung."

Mataku membulat perlahan.

Tempat aku dan Ain duduk sekarang... adalah tempat yang sama.

Bangku kayu itu. Padang ini. Tiang gol itu.

Dengan perlahan, sangat perlahan, aku menoleh ke kiri.

Tiang gol padang sebelah kiri.

Kosong.

Tiada sesiapa.

Cuma bendera kecil berkibar lemah di hujung padang, dan burung gagak terbang melintas di atas langit kelam.

Aku hela nafas dalam-dalam. Cuba tenangkan diri. "Tak ada apa-apa," bisikku sendiri.

Aku pusing ke arah kanan pula ke arah tiang gol di sebelah satu lagi. Juga kosong.

Sekali lagi aku menarik nafas lega.

Tapi...

Ketika aku memandang semula ke tengah-tengah padang...

Ada sesuatu.

Seseorang.

Aku mengecilkan mata, menenyeh sedikit dengan hujung jari. Fikirku mungkin bayang. Atau helah cahaya senja.

Tapi tubuh itu tetap di sana.

Seorang perempuan.

Berpakaian baju kurung sekolah yang sudah koyak dan kusam. Tubuhnya terbaring mengiring, darah mengalir dari tengkuk dan lengan, semakin lama semakin banyak, membentuk lopak gelap di atas rumput padang.

Mataku membesar. Nafasku tersekat.

Itu Aria.

Tubuh itu kelihatan sangat lemah, seperti sudah lama terbiar. Tapi dia tetap di situ.

Dan aku tahu, dengan naluri yang tak dapat dijelaskan...

Itu Aria.

Aku terbangun dari duduk dengan panik, dan tanpa berkata apa-apa dan terus berlari.

Meninggalkan Ain yang masih bingung duduk di bangku.

"Aida! Aida! Kenapa?!"

Suara Ain bergema dari belakang. Tapi aku tak berpaling.

Kakiku melangkah laju ke arah Blok E. Larian aku tidak terkawal, seolah-olah tubuhku ditarik ke sana.

Aku tidak tahu kenapa aku lari.

Aku tidak tahu kenapa aku tak mampu jerit.

Aku hanya tahu satu perkara.
Aria muncul di padang yang sama.
Dan dia sedang menunggu sesuatu.

XXXI – Sampai Bila Kau Boleh Bertahan

Sejak tengah hari tadi, segala rasa tak kena makin menebal dalam tubuhku.

Gangguan semakin kerap berlaku, aku merasakan seluruh deria rasa seperti dibungkus kabus. Pandanganku berat. Bahuku seperti dipikul beban tak kelihatan. Langkahku berat, suara jadi malas keluar. Aku tahu sesuatu sedang menghampiri.

Dan bila malam menjelma, firasat itu menjadi nyata sekali lagi.

Aku tertidur awal malam itu, lebih awal dari biasa. Tubuh terasa terlalu letih. Tapi lena yang aku harap menjadi tempat lari... ternyata perangkap.

Aku ditindih lagi. Sekali lagi.

Tubuhku kaku. Nafasku tersekat. Dadaku seperti ditekan kaki halimunan. Sama seperti malam-malam sebelumnya, tapi kali ini, ada sesuatu yang lebih menggerunkan.

Seakan bunyi helaan nafas, aku merasakan wajahnya datang lebih dekat.

"Sekarang cuma soal masa..." suara itu berbisik di telingaku.

"Berapa lama kau boleh bertahan sebelum kau serah diri?"

Kata-kata itu tidak laju. Ia lembut, licin seperti pisau tumpul yang menghiris perlahan. Dan di situ, dalam kepungan gelap dan diam, air mata aku mengalir sendiri.

Aku cuba membaca ayat suci dalam hati tapi seperti selalu, lidah hati aku kelu. Yang ada cuma suara dia. Yang ada cuma perasaan takut.

Sampai semuanya menjadi samar. Gelap seakan memakan tubuhku, seolah-olah persekitaran itu menelan aku.

Aku terjaga bila Ain menggoncang bahuku perlahan.

"Aida! Bangun! Dah Subuh! Kita lambat!"

Aku masih terpinga. Nafas aku pendek-pendek. Sekelilingku samar, dan peluh dingin membasahi tengkukku.

"Cepat! Kalau lambat nanti kita kena denda!"

Aku bingkas bangun, mencapai telekung tanpa banyak soal, dan terus mengekori Ain menuruni tangga. Kaki aku longlai, tapi aku paksa juga bergerak.

Tapi...

Sampai di bawah... Ain hilang.

Aku berdiri seorang diri. Sunyi. Terlalu sunyi. Angin pun tidak berbunyi.

Aku pandang ke arah surau. Gelap. Tiada lampu.

Pintu tertutup. Seperti tidak ada sesiapa pun di dalam.

"Bukankah sekarang waktu Subuh?"

Aku memandang sekeliling, cuba mencari kelibat Ain. Tiada siapa. Bahkan suara alam pun seperti hilang. Tiada cengkerik. Tiada daun bergesel. Cuma diam yang menghukum.

"Aku datang bulan," bisikku perlahan kepada diri sendiri, cuba menenangkan hati. "Tak perlu ke surau."

Tapi entah kenapa... kakiku tetap terpaku di tempat.

Kemudian tiba-tiba buluku meremang. Seluruh belakang leherku seperti disentuh sesuatu.

Aku tahu perasaan itu.

Perasaan seperti aku sedang diperhatikan.

Perlahan-lahan aku berpaling ke kiri.

Mataku terpaku ke arah ampaian.

Di bawah cahaya malap dari tiang letrik jauh... aku melihat sesuatu.

Seseorang.

Aria.

Tubuhnya terkapai di atas besi ampaian. Bajunya koyak dan kotor, wajahnya kabur, dan... bahagian kepalanya..

Kepalanya.

Besi tajam dari palang ampaian menembusi dari mulut hingga ke atas tengkoraknya, seolah-olah dicucuk dari bawah. Tubuhnya menggigil-gigil, seperti terkena sawan.

Darah memancut keluar dari celah tengkoraknya, menitis ke tanah tanpa henti. Membasahi baju yang sedang dipakainya. Semakin lama semakin banyak.

Aku terduduk di simen itu.

Tubuhku menggeletar hebat. Kaki tidak mampu menampung. Mata tidak mahu berpaling tapi tidak sanggup terus menatap.

Aku hanya mampu menggenggam telekung di tangan, menekup wajah.

Kemudian... hilaian.

Hilaian itu datang dari Aria.

Hilaian nyaring seperti jeritan kegembiraan yang gila. Gema itu berputar-putar di ruang kosong, tapi yang ganjilnya... semakin lama, bunyi itu menjauh.

Semakin lama... semakin sayup.

Aku yang merasakan helaian itu sudah tidak aku dengar, mula menarik nafas semula. Tubuh masih kaku, tapi aku kuatkan diri, membuka sedikit mata dari balik telekung.

Ampaian kosong.

Tiada siapa.

Aku cepat-cepat lihat ke arah surau. Masih gelap. Masih tiada bunyi. Aku lihat jam di tangan.

3:13 pagi.

Bukan waktu Subuh lagi...

Maksudnya... semua ini hanya mimpi? Atau sekadar ilusi? Atau mimpi yang nyata?

Aku mula berdiri perlahan, tubuh masih menggigil. Aku mahu naik ke atas semula. Mahu ke bilik. Mahu lari dari semua ini.

Aku berpusing untuk naik tangga.

Dan saat itu...

Dia di belakang aku.

Aria.

Wajahnya terlalu hampir dengan wajah aku. Tak sampai sejengkal.

Mata kami hampir bersentuhan. Matanya terjegil, hitam merah. Darah pekat mengalir dari lubang hidung dan mulutnya, meleleh seperti sungai.

Mulutnya terbuka luas. Dekatnya wajah kami membuatkan aku mampu melihat di dalam mulutnya dipenuhi darah yang banyak, terlalu banyak.

Sangat luas. Tidak normal.

"AAAAAAAAAAAAAAAAAAAAAAAAAHHHHHH!"

Dia menjerit.

Jeritan yang terlalu kuat, terlalu dekat.

Darah dari mulutnya terpercik ke wajah aku. Aku dapat rasa cecair panas dan hanyir itu menyentuh pipiku.

Dan kemudian... gelap.

Aku rebah di lantai asrama.

Tidak sedarkan diri.

XXXII – Aku Yang Tak Terlihat

Perlahan-lahan, aku membuka mata.

Segalanya kabur pada awalnya. Pandangan berlapis-lapis sebelum akhirnya tajam dan terang.

Aku sedang terbaring di bawah tangga blok E, betul-betul di hujung anak tangga pertama menuju ke tingkat satu.

Simen dingin tangga menyentuh belakang tubuhku. Bahagian belakang badanku terasa sakit. Seluruh tubuhku... kaku.

Aku cuba bangun. Tapi tidak mampu.

Aku cuba mengangkat tangan. Tidak bergerak.

Cuba menggerakkan jari... juga tidak berhasil.

Cuma mataku yang boleh bergerak.

Mataku meleret ke kiri dan kanan. Aku lihat beberapa pelajar perempuan berjalan melintasi kawasan ini, menuju ke arah surau yang mula diterangi lampu samar.

Namun tiada sesiapa yang nampak aku. Bahkan tidak seorang pun yang berhenti, tidak ada yang berpaling. Aku seolah-olah tidak wujud.

Dan ketika itu, aku nampak seseorang.

Ain.

Dia berjalan sendirian menuju ke arah pondok telefon di hadapan blok C. Langkahnya agak tergesa, mungkin mahu menghubungi keluarganya sebelum Subuh.

Namun pandanganku terhenti apabila melihat sesuatu bertenggek di atas bumbung pondok telefon itu.

Aria.

Hantu itu duduk mencangkung, seperti kucing menunggu mangsa. Rambut panjangnya menutup hampir seluruh wajah, hanya matanya yang jelas, mata yang merah dan tajam, memandang Ain dari jarak yang terlalu dekat.

Dan Ain...

Langsung tidak sedar. Masih meneruskan percakapan di pondok telefon itu.

"Ain!!!"

Aku cuba menjerit. Tapi...

Tiada suara keluar.

Aku buka mulut selebar mungkin, cuba lagi. Helaan nafas, jeritan kuat dari hati yang meronta...

Masih tiada bunyi.

Hanya bisikan dalam kepala.

Tolong... tolong pandang ke atas, Ain...

Tapi Ain terus meneruskan perbualan tanpa henti.

Mataku kembali ke atas.

Hantu Aria kini berpaling melihatku.

Kepalanya berpaling perlahan, seperti tahu aku memperhatikannya. Wajahnya tidak berubah. Masih dengan darah yang mengalir dari atas kepala dan bibir, masih dengan sorot mata yang membakar.

Kemudian dia senyum.

Senyuman itu...

Bukan senyum manusia. Ia penuh ejekan. Penuh sadis. Penuh makna: "Kau tak mampu buat apa-apa."

Aku ingin menangis. Tapi mata hanya berkaca, air tidak mengalir. Emosi seperti tersekat. Aku terlalu sedar, tetapi tidak mampu bergerak.

Dan kemudian... suara itu datang.

Azan Subuh.

Dari surau, laungan azan berkumandang perlahan, tetapi jelas. Dalam sekelip mata, tubuh Aria yang bertenggek tadi hilang. Tiada kesan. Tiada jejak.

Ain yang masih berdiri di pondok telefon, seperti tersedar kemudian memandang jam tangan dan mula melangkah laju ke arah surau.

Dia melintas di hadapanku.

Begitu hampir.

Langkahnya hanya berjarak sekaki dari tempat aku terbaring. Beg sandangnya jika dileretkan ke bawah pasti menyentuh hujung kaki aku yang tidak bergerak.

Tapi dia tidak langsung memandang. Tidak berhenti. Tidak sedar.

"Ain! Aku kat sini!"

Sekali lagi aku cuba jerit.

Hampa.

Tiada bunyi. Tiada reaksi. Seolah-olah aku hanya bayang.

Dan ketika langkah Ain semakin menjauh, perasaan itu datang.

Sedih. Kecewa. Putus harapan.

Aku mula menangis dalam diam.

Kenapa aku yang kena?

Kenapa aku?

Aku hanya ikut kawan.

Aku hanya nak rapat dengan mereka.

Aku tak pernah minta semua ni.

Kenapa aku yang ditindih malam-malam?

Kenapa aku yang nampak Aria di mana-mana?

Kenapa Ain tak pernah nampak? Kenapa Devi macam tak pernah disapa lagi? Kenapa Tieya berhenti menjadi mangsa?

Kenapa aku yang tak nampak di mata sesiapa sekarang?

Aku rasa tersangat letih.

Letih menanggung rasa takut.

Letih menunggu waktu terjaga.

Letih menjadi mangsa untuk sesuatu yang aku tak faham.

Aku menyesal.

Menyesal ikut bermain permainan itu.

Menyesal masuk asrama.

Menyesal tidak dengar cakap mama masa dia peluk aku sebelum naik kereta hari pendaftaran dulu.

Aku cuma nak balik rumah.

Nak tidur atas katil sendiri.

Nak makan masakan mama.

Nak tengok papa balik kerja dengan senyuman walau penat.

Tapi sekarang aku terbaring sendiri, tak mampu bercakap, tak mampu bergerak, tak mampu buat apa-apa...

Dan mungkin, tak akan mampu lagi.

XXXIII – Dijemput dari Bayang

Aku hanya mampu melihat jejak semua orang berjalan, berlari kecil di hadapanku.

Sedangkan aku, masih di tempat yang sama.

Di bawah tangga blok E, terlantar, kaku, tak bergerak. Mata sahaja yang berfungsi. Tubuhku lumpuh sepenuhnya.

Pelajar-pelajar lalu-lalang tanpa sedikit pun memandang ke arahku. Seolah-olah... aku tidak wujud.

Waktu semakin berlalu. Langit menjadi cerah. Dari subuh, pagi kemudian berubah menjadi tengah hari dan kini senja menghampiri. Aku yang terseksa akan matahari memancar terik ke arahku, memanaskan lantai simen yang keras. Haus. Lapar. Sakit. Semuanya bertambah setiap minit.

Perutku memulas kosong. Tekak terasa seperti terbakar. Bibirku merekah. Aku mula terfikir, inikah rasanya perlahan-lahan lenyap dari dunia, tanpa siapa pun menyedari?

Beberapa kali aku melihat Ain di pondok telefon blok C. Dia seolah-olah sedang menghubungi seseorang. Mungkin keluarganya. Mungkin Devi. Mungkin sesiapa sahaja... asal bukan aku.

Tapi Aria... tidak muncul hari ini.

Itu pun belum tentu satu rahmat. Kerana walaupun Aria tiada, aku tetap terpenjara di jasad sendiri, dan itu lebih menyeksa daripada diganggu. Sesuatu yang paling aku takuti sejak melangkah ke asrama ini kini berlaku, kesunyian. Kini, aku benar-benar sendiri.

Masa terus berjalan.

Sekitar waktu senja, dalam samar bayangan matahari yang memancar terus ke wajahku, aku nampak dua sosok datang dari arah bangunan sekolah.

Devi dan Ain.

Devi kelihatan seperti tergesa-gesa, manakala Ain menoleh ke arah pondok telefon sebelum mengajak Devi ke arah pejabat warden. Dan saat mereka melintasi aku, beg kecil berisi duit syiling yang pernah Devi jumpa dahulu terjatuh tepat di hadapanku.

Beg itu tergolek di lantai simen, kancing terbuka sedikit, memperlihatkan syiling-syiling berkilat di dalamnya.

Kalau aku boleh gerakkan tangan, aku hanya perlu hulur sejengkal untuk ambilnya.

Tapi aku hanya mampu menatap.

"Ain! Tunggu! Aku terjatuh beg..." suara Devi terdengar samar.

"Tak sempat, Devi! Nanti pejabat tutup!" Ain menjawab.

Mereka berdua terus berlari anak menuju ke arah pejabat warden. Meninggalkan aku. Meninggalkan syiling. Meninggalkan segalanya.

Aku buka mulut seluas mungkin.

"TOLONG! TOLONG! AKU DI SINI!"

Tiada suara.

Kosong. Sunyi.

Tangisan aku mengalir diam. Tapi airmata itu seperti disedut semula oleh angin yang panas dan malas.

Aku mula meratap sendiri, dalam hati yang retak.

Papa... Mama... Aida minta maaf...

Aida degil... Aida nak masuk asrama... nak belajar pandai... Tapi Aida takut...

Aida tak tahan... Aida nak balik...

Selamat tinggal...

Langit berubah menghampiri kegelapan.

Malam.

Dan saat itu, aku tahu, dia akan datang. Bunyian syiling jatuh berulang-ulang kali terngiang di telingaku. Aku tahu ada yang muncul kembali.

Aria.

Kelibatnya tidak seperti biasa. Kali ini dia tidak bertenggek. Tidak bersembunyi.

Dia berdiri di hujung koridor blok E itu, pakaiannya panjang hingga menyentuh kakiku. Rambutnya menutup seluruh wajah. Bajunya koyak, merah berlumuran darah. Tangan kirinya melempar syiling ke arahku, namun setiap kali dia melempar, syiling itu jatuh, berbunyi dan kemudian hilang sebelum kembali muncul di genggamannya. Kemudian dia melangkah menghampiriku.

Langkahnya perlahan.

Dia melangkah ke arahku dengan senyap.

"Kau nak syiling ni? Mainlah lagi..."

"Kau tak kuat..."

"Kau dah lemah..."

"Serahkan saja diri kau..."

"Aku tunggu dari dulu..."

"Ganti aku..."

Kata-kata itu bergema dalam kepalaku. Namun mulut Aria tidak bergerak. Suaranya hanya dalam hati, perlahan-lahan memecah minda.

Dan aku mulai rasa semua harapan meninggalkan aku.

Aku hanya pejam mata, dan menyerah kepada satu-satunya kekuatan yang aku tahu masih ada...

"Ya Allah... kalau Kau masih dengar... tolong aku..."

Kemudian aku dengar bunyi tapak kaki.

Mula dari jauh.

Semakin dekat.

Langkahnya cepat. Kuat. Laju.

Suara bacaan ayat suci mula kedengaran, dalam irama tenang yang pernah aku dengar, suara ustaz.

Cahaya dari arah belakang aku yang terpejam semakin terang. Aku terasa hembusan angin dari sisi. Terasa lantai bergetar sedikit.

Kemudian ada tangan menggoncang bahuku.

"Aida! Aida!"

Aku buka mata namun kabur. Tapi aku nampak satu bayangan putih melutut di sisi aku, satu tangan memegangku erat.

Dan saat aku mahu menjawab... terasa seakan gelap semula. Aku mulai hilang kesedaran.

XXXIV – Terbakar Dalam Doa

Aku terbangun perlahan.

Kelopak mata terasa berat, tapi tubuhku lebih ringan berbanding sebelumnya. Cahaya suram menyambut pandanganku, siling kayu berwarna putih dan bau sejuk lantai marmar memberitahu aku yang aku berada di dalam surau.

Sekelilingku...

Papa. Mama. Ain. Ustaz. Ustazah. Beberapa senior.

Mereka semua berdiri melingkari aku yang berbaring di tengah ruang solat wanita, tepat di belakang langsir putih yang memisahkan tempat lelaki dan perempuan. Dalam suara serentak yang harmoni dan penuh perasaan, mereka membacakan Surah Al-Baqarah ayat demi ayat, bergema di seluruh ruang seperti satu perlindungan yang tak terlihat.

Aku hanya mampu memandang ke atas. Air mataku mula bergenang.

Mama membongkokkan diri dan memelukku erat, air matanya membasahi rambutku yang basah dengan peluh dan tangisan.

"Mama sini, sayang... Mama sini..."

Aku tak mampu berkata apa-apa.

Cuma aku tahu, aku selamat... untuk saat ini.

Namun tiba-tiba... satu bunyi bergema di tengah bacaan itu.

"KTING!"

Bunyi syiling jatuh ke lantai surau.

Seluruh bacaan terhenti sejenak. Semua mata tertumpu ke arah bunyi tersebut, berhampiran ruang depan surau, betul-betul di bawah lampu gantung.

Dan di situ...

Dia muncul.

Aria.

Wajahnya bukan lagi samar atau kabur.

Jelas.

Rambut panjang, kusut, menggulung seperti tali. Bajunya koyak dan berlumuran darah hitam. Matanya... bukan seperti mata manusia.

Dia menggenggam kepala sendiri, menarik-narik rambutnya secara kasar sehingga tercabut dan mula mengeluarkan suara mengerang.

"Ahhhhhhhhhhhhhhhh....!"

Suara itu dalam. Seperti bunyi dari dasar bumi. Seluruh tubuhnya menggigil seperti terbakar dari dalam.

Mama memelukku lebih erat.

Aku pejam mata kuat-kuat. Tapi suara itu makin kuat, makin tinggi, makin pedih. Ia bukan lagi jeritan marah. Ia jeritan kesakitan.

Bacaan doa disambung semula. Tapi lebih kuat. Lebih nyaring. Ustaz berdiri di sebalik langsir dan melaungkan Ayat Kursi dengan nada yang tegas dan tenang.

Suara bacaan bertemu dengan jeritan Aria.

Aku yang masih dalam pelukan Mama, membuka mata perlahan-lahan.

Dan aku lihat...

Api.

Tubuh Aria mula terbakar.

Bermula dari kakinya, menyambar ke atas seperti api menyambar tisu. Namun tidak seperti api biasa, ini api hitam, membakar tanpa asap, tetapi menyakitkan.

Aria menjerit semakin kuat.

"Kenapa kau semua tolak aku...?! Aku cuma mahu keluar...! Aku cuma mahu diganti...!"

Aku menangis teresak. Tapi kali ini bukan kerana takut. Tapi kerana kesedihan. Kerana untuk pertama kali, aku lihat bukan hantu... tetapi roh yang terperangkap dalam derita.

Dan dalam jeritannya itu, perlahan-lahan... dia hancur menjadi debu.

Bermula dari kakinya, kemudian tangannya yang menggenggam kepala. Rambutnya terurai dan menjadi abu.

Akhirnya... tiada lagi Aria.

Yang tinggal hanyalah debu yang berterbangan pelan di dalam cahaya lampu surau, dan syiling 1906 yang terletak di lantai, kini kelihatan kusam dan retak di tengahnya.

Aku memandang Mama. Dia tersenyum dalam tangis. Tangannya mengusap kepalaku.

Ustaz dan Ustazah mendekat.

"Alhamdulillah, Aida..." suara Ustaz lembut. "Dia dah pergi. Permainan itu... telah tamat."

Aku pejamkan mata semula. Bukan kerana takut. Tapi kerana...

Aku letih.

Bukan tubuh.

Tapi jiwa.

XXXV – Pagi Yang Biasa, Akhirnya

Isnin.

Pagi ini langit kelihatan biasa berwarna biru lembut, berawan sedikit dan matahari muncul tepat seperti yang dijangka. Tidak terlalu terik, tidak terlalu redup. Sempurna.

Dan hari ini, aku kembali ke sekolah. Sebagai Aida yang baru.

Papa dan Mama menemaniku dari awal pagi. Kami telah pulang dari Pulau Pangkor selepas subuh tadi setelah dua hari penuh kami menghabiskan waktu di sebuah chalet kecil di tepi pantai. Udara laut, bunyi ombak dan pelukan ibu bapa ternyata semua itu menjadi penawar paling mujarab buat aku.

Sabtu malam, Ahad, dan kini Isnin pagi... aku masih hidup.

Bukan hanya hidup secara fizikal. Tapi hidup dalam erti yang sebenar.

Dalam kereta tadi, Mama sempat menyisir rambutku dengan tangan. Papa memandu senyap seperti selalu, tapi setiap kali aku pandang wajahnya melalui cermin sisi, aku tahu dia lega. Mereka berdua nampak lega.

Dan aku?

Aku mahu bermula semula.

Sampai di sekolah, pelajar-pelajar mula bersusun di pagar seperti biasa. Bunyi loceng pagi berbunyi panjang, dan perhimpunan mingguan bermula.

Aku melangkah masuk ke kawasan sekolah perlahan-lahan. Papa sempat menepuk bahuku sebelum kembali ke kereta. Mama melambai sebelum berlalu.

"Aida, kuat ya..." suara Papa.

"Nanti Mama datang lagi hujung minggu," janji Mama.

Aku angguk, senyum. Tapi dalam hati... perasaan bercampur-baur. Bukan sebab takut. Tapi sebab aku rindu Ain, Devi... bahkan Tieya. Aku tertanya-tanya, masihkah mereka mahu berkawan denganku?

Perhimpunan pagi berjalan seperti biasa. Pengetua memberi ucapan. Guru-guru berdiri berbaris di pentas. Tidak ada yang luar biasa. Tidak ada sebutan tentang apa-apa yang berlaku minggu lepas. Seolah-olah sekolah ini masih sekolah biasa. Seolah-olah... tiada sesiapa pernah hilang dari dunia sendiri selama tiga hari.

Sebaik loceng tamat perhimpunan berbunyi, aku naik ke kelas. Teman-teman kelasku menyambutku dengan senyuman kecil dan beberapa ucapan:

"Aida, dah sihat?"

"Lama bercuti kau!"

"Eh, kau pergi mana hari tu?"

Aku jawab sepatah dua. Senyum. Gelak sedikit. Tapi dalam hati... aku tahu aku bukan Aida yang sama.

Waktu sekolah berlalu tenang.

Tak seperti minggu-minggu sebelumnya yang dipenuhi kekeliruan dan resah, hari ini aku benar-benar dapat mendengar suara guru, mencatat nota, dan melihat papan hitam tanpa bayangan wajah menjerit atau darah mengalir dari dinding.

Hari ini aku bebas.

Petang itu, waktu pulang dari sekolah, aku tahu... aku akan kembali ke asrama.

Dan entah kenapa, aku tak takut.

Aku bersedia.

Aku bukan Aida yang lari dari surau.

Bukan Aida yang kaku di bawah tangga.

Bukan Aida yang ditindih malam-malam sambil menangis dalam diam.

Aku Aida yang telah berdepan segalanya dan bertahan.

Papa hantar aku ke pagar luar asrama. Mama sudah pulang ke rumah, kembali bekerja. Tapi aku masih terasa hangat pelukannya dari semalam, waktu dia pelukku sepanjang malam seperti aku masih kanak-kanak lima tahun.

Aku tarik beg roda naik tangga blok E.

Setiap anak tangga yang aku langkah, terasa seperti kemenangan kecil.

Satu langkah menjauhi ketakutan.

Satu langkah mendekati kehidupan sebenar.

Sampai di bilik, suasana masih tenang. Kak Ayu tersenyum melihatku.

"Selamat kembali, Aida," katanya ringkas.

Aku senyum dan angguk. Dari hujung mata, aku nampak Ain melambai kecil dari katilnya. Devi sedang duduk di atas lantai, menyusun buku.

Dan saat aku melangkah masuk semula ke dalam bilik ini, bilik yang pernah menjadi saksi awal segala-galanya, aku tahu... hidup aku baru bermula semula.

Dan kali ini... aku akan lebih berhati-hati.

XXXVI – Yang Tinggal Hanya Tiga

Petang itu, aku kembali ke asrama dengan hati yang tenang... atau setidaknya, aku cuba untuk tenang. Deretan blok yang biasa aku pandang dengan rasa takut kini hanya tampak seperti bangunan biasa seperti ia seharusnya.

Ain menyambut aku dengan wajahnya lebih cerah berbanding sebelumnya. Kami berpelukan seketika. Hanya kami berdua. Devi juga ada di dalam bilik, katanya masih letih. Tapi ada satu wajah yang tak kelihatan sejak aku kembali...

Tieya.

Ain hanya menganggguk perlahan waktu aku bertanya. Wajahnya jatuh serta-merta.

"Dia... dah tak ada, Aida."

"Kemalangan masa dalam perjalanan balik. Hari Ahad."

Aku terduduk. Nafasku seakan hilang seketika. Dunia sekeliling jadi kabur.

"Macam mana boleh jadi...?"

"Kereta ayahnya dilaporkan terbabas di gaung bukit Gerik. Dia... meninggal di tempat kejadian."

Aku tak mampu berkata apa-apa. Air mataku mengalir senyap. Sekelip mata, rakan yang tidur di atas katilku, yang gelak kecil bila aku takut cicak... pergi selama-lamanya.

"Ain... kau rasa... sebab dia 'disorok' hari tu?" soalku perlahan.

Ain tak jawab. Tapi aku tahu dia fikir perkara yang sama.

Malam itu, selepas solat Maghrib, aku dan Ain masih di surau. Bacaan doa oleh ustaz selesai dengan "Amin" serentak oleh para pelajar.

Aku melipat telekung dan duduk di saf belakang, menadah tangan semula. Kali ini untuk Tieya.

"Ya Allah... ampunkan dosa sahabatku. Tenangkan roh Tieya. Beri dia tempat di sisi-Mu. Jadikan semua penderitaan yang dia lalui sebagai penebus... dan lindungilah kami yang masih hidup."

Aku belum sempat menyapu muka bila aku dengar jeritan.

Jeritan kuat yang nyaring dan penuh panik.

Datangnya dari arah blok E.

Seluruh surau diam seketika.

Kemudian beberapa pelajar bangun. Kak Ayu bergegas ke luar, dan Letcy, salah seorang rakan sebilik kami, tiba-tiba muncul dari arah koridor, berlari ke arah pejabat warden yang betul-betul bertentangan dengan surau.

Letcy menangis dan menjerit, terhenti bila terlihat ustaz dan ustazah yang sedang menyarung selipar untuk keluar dari surau.

"DEVIIII!!! DEVI TERJUN!!! DARI TINGKAT DUA!!!"

Semua yang mendengar serentak berdiri. Ustaz dan ustazah melangkah laju tanpa banyak soal.

Aku dan Ain saling berpandangan, kami berdua terkejut, keliru, takut.

"Aida, jom!" Ain bersuara pantas.

Kami berlari keluar dari surau. Aku sempat capai selipar tapi tak sempat sarung, aku berlari kaki ayam, hanya menggenggam selipar dalam tangan.

Angin malam menerpa wajah. Dada terasa sempit. Jantung berdegup kencang.

Kenapa, Devi?! Kenapa?!

Kami sampai di laluan pejalan kaki antara blok E dan bilik prep dimana ramai pelajar sudah berkerumun. Ustazah mengarahkan semua menjauh.

Aku terdorong ke hadapan. Kak Ayu menarik tanganku ke belakang, aku hanya menurut arahan yang dikatakan melalui sentuhan itu.

XXXVII – Akhir yang Berulang

Perasaan ingin tahu kemudian menggerakkan aku.

Aku memaksa tubuhku merapati.

Dan saat pandangan menjadi jelas...

Dunia aku runtuh.

Devi.

Tubuhnya tergantung dengan kepala tertusuk pada salah satu besi tajam yang tercacak keluar dari struktur bumbung yang dibuat untuk meredupkan laluan pejalan kaki. Darah menitis ke lantai. Rambutnya terurai. Kakinya kejang. Dan tangannya masih mengepal sesuatu, syiling.

Tidak... ini mustahil... ini... Aria.

Semuanya sama.

Sama seperti yang aku lihat dalam bayangan.

Besi ampaian, tubuh terkapai, kepala remuk ,tapi kali ini bukan di ampaian dan semuanya mulai terasa seperti aku bukan dalam mimpi. Bukan dalam bayangan.

Ini nyata.

Aku mula menggigil.

Kenapa, Devi...? Kenapa jadi begini...?

Dalam benakku, seribu persoalan berlari. Apakah Aria belum pergi? Apakah syiling itu masih terkutuk? Apakah Tieya bukan pengganti sebenar?

Dan saat aku terpaku memandang tubuh Devi yang sudah kaku itu...

Aku dengar bunyi tapak kaki, laju, berat, memburu.

Aku angkat kepala.

Aria.

Dia datang.

Tapi kali ini bukan muncul perlahan seperti sebelumnya.

Dia berlari.

Langkahnya menghentak tanah, rambutnya terbang ke belakang, bajunya koyak penuh darah, dan matanya merah menyala penuh dendam.

Tangannya terangkat, kuku panjang hitam menghala ke leherku, seperti mahu mencekik.

Aku kaku. Terpaku. Jantungku seolah terhenti.

Tidak! Tidak! Jangan!

Spontan, aku angkat tangan yang masih memegang selipar, cuba menepis makhluk itu. Aku tutup mata, menjerit tanpa suara.

Dan saat aku memejam mata..

"SPLUT!"

Bunyi tusukan. Daging bertemu logam.

Serentak, wajahku terasa seperti dihujani cecair panas dan pekat.

Aku buka mata perlahan.

Ain.

Dia berdiri di hadapanku, wajahnya tepat menghadap wajahku, darah mengalir dari mulutnya.

Mulutnya ternganga sedikit. Dia cuba bercakap, tapi hanya bunyi nafas tercungap dan darah meleleh.

Aku lihat tanganku...

Ada gunting.

Gunting Tieya.

Dan gunting itu tertikam tepat di dada Ain.

"T-Tidak... Ain... Bukan aku... Bukan aku...!"

Ain pandang aku. Matanya layu. Terbuka separuh. Kemudian perlahan-lahan... tertutup.

Dia terbatuk sekali. Darah tersembur sedikit di pipiku.

Dan kemudian...

Tubuhnya jatuh.

Seperti kain jatuh dari penyangkut.

Aku kaku. Tidak mampu bergerak. Seluruh tubuhku menggigil. Air mata mengalir tanpa suara.

Aku bunuh Ain? Aku...? Atau Aria...?

Aku tak tahu.

Aku hanya tahu tanganku... penuh darah.

Dan aku pegang gunting.

Gunting Tieya.

Kemudian...

Tangan-tangan lain mencengkam tubuhku.

Pelajar-pelajar senior. Ustazah. Kak Ayu.

"Rebut gunting tu!"

"Tahan dia!"

"Ya Allah... apa yang terjadi?!"

Aku menjerit. Tapi suara aku tenggelam dalam tangis sendiri.

"Bukan aku! Aku tak....aku tak tahu! Aku... aku cuma..."

Syiling yang aku tak tahu bila aku genggam, jatuh ke lantai.

"KTING. KTING. KTING."

Ia bergolek perlahan, melantun beberapa kali sebelum berhenti tepat di sisi tubuh Ain yang kaku.

Ustaz berdiri di sisi, wajahnya pucat. Tapi dia diam. Memandangku seperti sedang mencari sesuatu... atau menilai siapa sebenarnya aku.

Aku... Aida.

Tapi malam itu, aku tak pasti lagi siapa aku.

Mangsa?

Saksi?

Atau...

Pengganti sebenar?

XXXVIII – Tinggal Dalam Kegelapan

"Mama bangga dengan Aida... Tabah sangat. Dah lama Aida bertahan kat sini. Bila Aida nak balik rumah, sayang?"

Suara Mama kedengaran lembut dari balik pintu.

Aku senyum, tapi aku tahu Mama tak akan lihat senyum itu.

"Belum lagi, Ma."

Itu jawapanku, seperti selalu.

Sudah dua tahun aku berada di Pusat Rawatan Mental Rumah Bahagia, sejak peristiwa malam berdarah itu. Sejak malam Devi terjun. Malam Ain rebah dalam pandangan mataku. Malam syiling terakhir bergolek di kaki mayat.

Aku bukan dimasukkan ke penjara. Tidak.

Aku dibicarakan atas tuduhan membunuh.

Dan berdasarkan laporan doktor, aku disahkan mengalami gangguan mental akut yang berkaitan dengan trauma halusinasi spiritual. Perintah mahkamah mengarahkan aku dirawat, bukan dipenjara.

Dalam waktu setahun pertama, aku lalui pelbagai rawatan seperti terapi kognitif, sesi bimbingan agama, kaunseling trauma. Doktor-doktor memerhati aku siang dan malam. Mereka mencatat. Mereka menyoal. Mereka menilai.

Dan akhirnya, satu kesimpulan ditulis:

"Pesakit telah pulih. Emosi stabil. Tingkah laku terkawal. Bebas dari gangguan halusinasi."

Tapi aku?

Aku hanya menggeleng perlahan.

Kerana doktor hanya sembuhkan apa yang boleh dilihat.

Tapi mereka tak pernah nampak Aria.

Di sini, aku hidup dalam rutinku sendiri. Aku minta untuk ditempatkan berasingan daripada pesakit lain. Secara sukarela.

Doktor kata aku dah cukup kuat untuk berada dalam komuniti. Tapi aku tolak.

Kerana aku tahu siapa yang sedang menunggu di sebalik wajah orang lain.

Kadang dia pakai wajah Ain.

Kadang senyuman Devi.

Kadang-kadang... suara Tieya memanggil dari tingkap bilik rawatanku.

Dan pada malam yang paling sunyi, kadang aku nampak Aria berdiri di sudut bilik ini, hanya senyum sambil pegang diari koyak dan syiling lusuh.

Tapi aku masih di sini. Aku masih hidup.

Bukan kerana ubat.

Bukan kerana terapi.

Tapi kerana zikir. Doa. Dan satu kalimah...

"Al anuka bila'natillah."

"Aku laknat kau dengan laknat Allah."

Kalimat itu aku lafazkan setiap kali bayang Aria datang merayap. Setiap kali dia cuba menyerap semangatku. Kalimat itu... bukan jampi. Tapi penafian. Penolakan. Pendinding.

Setiap hari, aku bangun seawal Subuh. Aku solat. Aku membaca Surah Al-Baqarah dan Yasin tanpa gagal. Dulu aku membaca kerana takut. Sekarang aku membaca kerana aku mahu kuat.

Aku doakan Ain, Devi, Tieya setiap malam. Nama mereka tidak pernah lekang dari lidahku. Aku tahu orang luar anggap aku gila. Tapi kenyataanya hanya aku yang tahu, aku bukan gila, aku cuma orang yang terselamat dari sesuatu yang orang lain tak faham.

Aku selalu minta Papa dan Mama untuk berbual dari sebalik pintu. Aku tak benarkan mereka masuk.

Kerana aku takut.

Takut aku nampak Aria memakai wajah Mama.

Takut aku cederakan Papa ketika fikir dia makhluk lain.

Bagi aku, menjaga jarak adalah bentuk kasih sayang paling ikhlas yang boleh aku beri sekarang.

Orang selalu kata, hantu tak boleh membunuh manusia.

Tapi pada aku... itu hanya separuh dari kenyataan.

Bayangan Aria menutup pandangan semasa pemanduan ayah Tieya, menyebabkan kereta terbabas ke gaung di jalan bukit Gerik.

Tieya meninggal di tempat kejadian.

Tanpa tali pinggang keledar. Tanpa sempat menjerit pun.

Devi, aku tahu dia lari dari sesuatu malam itu. Mata Letcy tak mungkin salah. Devi berlari dari bilik, melanggar tingkap yang belum dibuka sepenuhnya, terjun dalam ketakutan yang bukan datang dari manusia.

Dan Ain...

Aku masih ingat rasa lembut tubuhnya waktu dia rebah di tanganku. Wajahnya tak menjerit kesakitan, tapi meminta aku faham.

Gunting itu bukan aku yang bawa. Tapi ia ada di tanganku.

Bagaimana?

Tak ada siapa tahu.

Tapi aku tahu satu hal:

Hantu tak perlu bunuh dengan tangannya sendiri.

Cukup jadi pendorong.

Cukup jadi alasan terakhir seseorang menamatkan nyawa sendiri atau nyawa orang lain.

Aku tidak mahu keluar.

Belum.

Bukan sekarang.

Aku tahu Papa dan Mama setia menunggu. Tapi aku tak mahu mereka kecewa lagi.

Aku tak mahu syiling itu muncul dalam laci rumah kami.

Aku tak mahu mimpi yang sama datang kembali dalam rumah sendiri.

Di sini... aku mungkin keseorangan. Tapi aku redha.

Dan itu lebih baik dari berlakon normal di luar, tapi dihantui dari dalam.

Malam ini, aku menulis dalam diari baru. Aku tulis satu doa khas untuk sahabat-sahabatku:

“Ya Allah, kau peliharalah roh Ain, Devi dan Tieya.

Mereka hanya mahu berkawan, seperti aku.

Jangan hukum mereka kerana kejahilan kami.

Terima mereka dalam kasih sayang-Mu.”

Dan untuk Aria...

Aku hanya menulis satu baris.

"Aku laknat kau dengan laknat Allah."

TAMAT

(Spirit of a Coin: Jangan Main-Main)

Don't miss out!

Visit the website below and you can sign up to receive emails whenever Jack P Sri publishes a new book. There's no charge and no obligation.

https://books2read.com/r/B-A-WZWUD-ILPJG

BOOKS 2 READ

Connecting independent readers to independent writers.

Did you love *Jangan Main-Main Spirit of a Coin*? Then you should read *The Black Plague*[1] by Jack P Sri!

[2]

Some ghosts don't haunt houses. They haunt code.

When Ava joins her paranormal investigation team in the forgotten town of Volhynia, she expects fake scares, glitchy cameras, and another dead-end livestream. What she doesn't expect is a town that erases itself... and a voice from inside the machine that seems to be watching her.

As her team begins to vanish

—one by one—

Ava discovers the truth: the town isn't haunted by spirits. It's infected. Something old, intelligent, and evolving has awakened. It remembers every death the world tried to forget.

---

1. https://books2read.com/u/m2jXWd

2. https://books2read.com/u/m2jXWd

Now the countdown has started.No help is coming.No one is safe.

To stop the end of the world, Ava must face a machine built from grief, coded in vengeance... and kill the part of herself that still wants to believe in hope.

A chilling, character-driven horror novel for fans of Stephen King, Bird Box, and Black Mirror.Prepare for a descent into isolation, AI-driven fear, and the darkest version of what it means to be remembered.

Also by Jack P Sri

The Black Plague
The Golden Heart Adventures
Jangan Main-Main Spirit of a Coin
Spirit of a Coin You Played, You Paid
Ghost Dad
Koleksi Cerita Hantu Korea
Korean Ghost Stories
Malaysian Ghost Stories
Japan Ghost Stories
Koleksi Cerita Hantu Jepun
Indonesian Ghost Stories
Indian Ghost Stories

About the Author

Jack P Sri is a storyteller driven by curiosity, emotion, and the thrill of exploring the unknown. With a passion for blending psychological depth and speculative horror, he crafts stories that take readers beyond the veil of reality—into worlds where fear, memory, and hope collide.

When not writing, Jack P Sri enjoys meaningful moments with his wife and daughters, drawing inspiration from their love and laughter. A believer in the power of imagination, he writes for those who crave stories that challenge limits and linger long after the last page.

www.ingramcontent.com/pod-product-compliance
Lightning Source LLC
LaVergne TN
LVHW040442051026
849517LV00002B/718